m

—————— 阅读之前 没有真相

午 夜 文 库

今天班里无事发生
第二届新星国际推理文学奖获奖短篇集
木又迟 杜力勇 会厌 著

NEWSTAR PRESS
新\星\出\版\社

目录

1	今天班里无事发生 / 木又迟
69	云雾兴安岭 / 杜力勇
119	关于M的运动 / 会厌

今天班里无事发生 ———
木又迟

01 任微的故事

一九八四年的高考数学对于考生来说是一场灾难。经过了一段特殊时期，某些地方是在这一年恢复的高中三年学制。当时的考生，没有加分、没有自主招生、没有竞赛、没有特长考试，全靠面前的理科七门卷子论英雄。

看着那一年的数学卷子，不论天才还是庸才，都哭成了一片。那张卷子上没有一道题是见过的，大考点被拆成了一道道小题，但小题不小，一个填空都像脑筋急转弯一样要推导半天。很多人连题都没有做完，连学习最好的学生都在橡皮六个面上写了数字往天上扔。满分一百二十分的卷子，平均分不到三十。

任何踌躇满志的年轻人，都会在这张卷子面前被击垮，他们穿过考场的大门，感受到的不是鱼跃龙门、青云直上的希望，而是一股来自未知的、无形中的寒意。

有两个同在那一年参加高考的年轻人非常幸运，有惊无险地通过了考验，这场高考也将成为他们日后的谈资。这两个年轻人，一个在南方，一个在北方。

张师傅是常州人，在东北上过技校，又在北京工作了一段时间，口音变得南北混杂。他骂人还是用"十三点"，偶尔还有带儿化音的北方腔调。张师傅的爱人是南京人，俩人是在东北的技校上学时认识的。那时候是分配工作，经学校推荐，张师傅到北京一家规模很大的机电厂做了维修工人，他技术"好到则"[①]，哪个地方出了问题半天修不好，就找他，抬手扳两下，准灵。后来他的腰不太好了，趁着年富力强，申请调岗，到另一家机电厂做了车间主任，举家搬到了北方一座叫"候北"的不大不小的城市。他手下的徒弟越来越多，在厂里的名气也越来越大。

张师傅好学，爱钻研，有灵气，他的女儿也遗传了这些优点，从小学习就好，内秀不太爱讲话，一讲话就和机电院里的一般姑娘不一样。那年头能参加高考就算件光耀门庭的大事，张师傅女儿更是机电院里数一数二的人物，同乡长辈们见面都来一句：小珍报清华吧，你学习嘎好！张师傅女儿每每听到这话只是笑笑。

然而那一年的高考数学给了所有人当头一棒，出了考场，张师傅女儿决定保守一点，第一志愿大着胆子填了个南京的名牌大学，选了个热门的工科专业，第二志愿填了苏州的一所美术职业学院。张师傅女儿从小就喜欢画画，喜欢文艺复兴、佛罗伦萨、印象派，也喜欢写意山水、工笔花鸟。以前画展太少了，后来有展她就去看。她一有工夫就临摹吴冠中、祝大年，照着绘本封面画的芭蕾舞女孩曾经在市里获过奖。当年还没有艺考，有兴趣就能报。

反正高考看的是排名，那年只要及格就一定有学上，最后放榜时，张师傅女儿本已经做好了去苏州的打算，一看还真及格了，就去了南京。

河北一座小城有一个小伙子，叫小任。小任是家里的老幺，

[①]吴语方言，此处为感叹用法，可理解为"好得不得了"。

从小脑子就好使,小学是镇状元,初中是县状元,非清华不上。不出意外的话,小任会是村里第一个大学生,他也确实拿出了舍我其谁的架势,就等历史性的一刻降临。他头脑正热的时候,一直没什么来往的三舅上了门。那晚俩人躺在一张床上,各自裹着被窝,头抵着头。三舅说,就算你能,你也是在咱这小地方能,你知道那山外有山人外有人吗?家里出个人不容易,万一踏空了,后悔的是你。小任半天没吭声,后来三舅说了什么他都没听清,第二天爬起来,就把第一志愿改成了西安的一所工科大学。

拿着数学题的那一刻,小任第一次对一张卷子失去了掌控感,他双手发抖,下不了笔,好像纸上的数字通向了一个黑乎乎的空间。一向充满雄心壮志的他至今都感谢三舅在报志愿前夕的一夜长谈。

张师傅女儿毕业时依然是分配工作的时代,她来到了候北一家计算机学术期刊做编辑,打交道的都是信息技术方面的顶尖学者,工作很是体面。那段时间里,她走到哪儿都满面春风,还是不爱说话,但比原来爱笑了。

名牌大学毕业,又在那么好的地方工作,自然别人就不敢轻易追求她。张师傅工厂里适龄的男孩她肯定看不上,身边的男同事大都一心做学术,还不好打交道,因此她自打毕业后就没谈过恋爱,一拖三年。

小任毕业后,被分配到候北一所机械厂做技术员。大学离开家四年,他本就是遇事不发怵的个性,毕业时已经能从容应对身处大城市的种种局促了,即使刚工作,生活捉襟见肘,他也能把自己打理得很从容。因为能力强,有闯劲儿,小任是厂里重点培养的新人。开开会、吃吃饭,慢慢地,这个领域的人就都认识他了。

小任对身边的女性同事都没什么想法，他还是想找个志趣相投的、家教好的、大大方方的姑娘，要是有大城市户口就更好了。

这个标准还真不太好找，几经蹉跎，老家的长辈也很着急。

这一着急不就急一块儿去了？张师傅听说了这么个年轻人，就赶紧托人给带话，介绍女儿和他认识。

张师傅一家住在机电家属院一间不足六十平方米的房子里，只有两居室，张师傅爱人时常嘟囔："这走道怎么好像越来越窄，两个人走都过不去。"张师傅女儿每次只能沉默，这个三口之家确实显得有些挤了。

就这样，张师傅女儿和小任认识了。

张师傅女儿个子高，苗条，头发乌黑，一双眼睛很亮。不熟悉的人会觉得她生人勿近，小任第一次见她的时候就不知道该说什么。俩人还没什么事业上的进展，关于工作的话题只能止步于"我单位是……"没话说，一阵沉默之后，张师傅女儿便聊上了高考和大学。

"那年数学特别难，我差点儿以为考不上了。"

"我一开始也蒙了，不过还是那些东西，不能换件衣裳就不认识了呀。女生学数学是有点难度的。哎，你们专业也要学概率论吧？我们同宿舍有个哥们儿，第一个学期概率论一塌糊涂，后来全班轮流给他恶补，都不管用，还得是我给他讲，比教授讲得都明白。"

"概率论我们班也挂了好几个人。"

"对，我们班也是，不过我还行，考了八十五呢。"

"挺厉害的,我九十二。"

小任喝了口水,笑了笑说:"题不一样,题不一样。"

张师傅女儿最大的爱好就是画画和看书,小任的爱好就是他的职业,搞机械。不过小任是个杂家,任何话题都能聊五分钟,也喜欢文学,张师傅女儿的话题他都能接得住。张师傅女儿和他谈简·奥斯汀,说自己很同意伊丽莎白的婚姻观。小任就说:"对,你得慢慢了解别人,别有偏见。"也不知他是不是看过《傲慢与偏见》的故事梗概,随口引用的封底简介。

张师傅女儿怎么想的无从得知,小任反正很满意,他很少见到这么端庄文雅的姑娘。张师傅女儿大多数时候很安静,爱看书,既没有因现实以致市侩,也不会由浪漫流于幻想。

小任和张师傅女儿与当时的很多年轻人一样,逛街、划船、看电影,约会如同走流程。他俩也会偶尔闹别扭,但都很克制。那时候大家工资不高,小任挣得还不如张师傅女儿多。九十年代商场开始建起来了,张师傅女儿好赶个时髦,夏天户外太热,冬天太冷,不知道去哪儿的时候就会逛商场。张师傅女儿有时也会因为小任出不起钱而失望,还会因为小任太糙而气愤。小任就暗暗下决心,以后一定挣钱给她买好的。

就这样走过一个春夏秋冬,小任单位分了房,双方父母见了一面,张师傅女儿变成了小任爱人。

又过了一年,就有了我。

我好像一出生第一个见到的不是小任爱人,而是张师傅的爱人似的,因为我一直住在姥爷姥姥家。哦,刚出生的我还太小,可能用不了"住"这个字,房子对于我来说就像全世界一样大,我只在乎身处哪个怀抱里。

不过对于小任和小任爱人来说，房子里多个小生命就是件大事了。一个是小任那时候住筒子楼，房子还只能叫宿舍，太小了。另一个是因为他俩谁也不会带孩子，双职工又没时间，就把我交给了张师傅夫妻俩。

不知道为什么，我总是很怕小任。

小任好不容易来张师傅家里看我一回，我那时候还一点没忌讳地说："小任下次别来了。"我的恐惧很有攻击性，小任一来就给我立规矩，弄得我浑身不自在，因此我总希望他快点儿离开。

别人总说，小任天不怕地不怕，就怕这个女儿，然而事实上是我怕他。小任所谓"怕"更像是第一次带孩子的局促，可我真是打心眼儿里觉得他是个陌生人，很多不友好源于恐惧。小时候不知道为什么老做噩梦，经常半夜哭醒，张师傅爱人就会一边拍着我一边说："是不是又梦见你爸啦？"我那时候很难说一句整话，只好沉默，其实我没梦见小任。

如果长大像跳舞，每个阶段都有特定的规定动作，那我一定是身体不太协调的那种人，总是比同龄人学得慢。幼儿园老师总嫌弃我不服管教，还有点儿分离焦虑，其实不是，我只是单纯没有听懂她想让我干什么。在幼儿园老师的建议下，小任夫妻俩让我上了半年的学前班，很多小孩都有这么个过程，相当于小学的预科。

学前班给我们坐的是那种涂了彩色漆的小椅子，老师为了让我们保持安静，集中注意力，上课有一个标准动作，双手背过去挺直背坐好。听老师讲课的时候，就保持这个姿势，做练习的时候才能把手拿到前面，放到桌面上写字。可是我很难老实听讲，又没胆量调皮捣蛋，就忍不住用手指抠来抠去。那种椅子的质量也不佳，漆特别软，抠一抠就容易掉。我发现那种把漆一道一道抠下来的感觉很好玩，于是便喜欢上了把手背过去的姿势，只要课上一把手背过去，我就能抠椅子上的漆取乐。

这种游戏唯一美中不足的就是会留下痕迹。

一开始还能当作掉漆蒙混过关，日子久了，一道道的痕迹一看就是指甲抠的，这么明显的人为损伤就说不过去了。等我意识到闯祸，为时已晚，可怜的椅子伤痕累累。这可是公共财产，老师一定会找家长的。

被老师发现的那天，我紧张得肌肉僵硬，一整天都死死靠着椅背，还被放学铃吓了一跳。我就这么背靠着椅子一动不动，整个人木呆呆的，扭头和同学说话都困难。

"你怎么了？"有个男孩看我不太对劲。

"我老抠椅背，可能被老师发现了。"

那个男孩立刻就明白了，马上变成我的同盟，说："你就这么坐着别动。"

除此之外我们毫无办法，我俩都知道我即将大祸临头。

如果我们每个人都像超级英雄那样有什么超能力的话，我的能力就是担心的事情一定会发生。老师领着张师傅爱人和小任爱人进了教室，走到我座位旁边。

"来，你先站起来。"

学前班老师和之后我遇到的所有老师一样，态度都有一种平静的严厉。我不敢不听话，站起身来，这个千疮百孔的椅背就好像在告我的状一样。

本以为老师会生气，她却出乎意料地流露出了一种惊恐而担心的神情。"你为什么要抠椅背呢？最近家里有什么事吗？"

我那时候的情商还不足以解读出老师是担心我的精神问题，在我听来，老师就好像在说，你手痒痒是吧。我不知道该怎么回答，能说什么，上课太无聊了？

我很纳闷儿为什么老师一直不提让我家长赔椅子的事情，反而一直在唠叨着给我补充各种维生素，多观察我在家里的情况。在家里能有什么情况？总之，只要不是让家长赔钱，我就松了一口气。不幸的是，这个游戏以后是不太可能继续了。

不过后来我又找到了另一项好玩的小动作，我发现椅子边沿处经常有前人粘住的口香糖，只要把手垂下来支在椅子上，手指假装扳着椅面，就能摸到下面软软黏黏的东西。现在想想有点恶心，但我当时可不觉得，乐此不疲地把口香糖揉来按去，这种游戏既不会有太大的动作，又不会留下痕迹，令我心满意足，只是有点奇怪，为什么这么多椅子下面都粘着口香糖呢？

上了小学之后，我打算重新做人。原因很简单，因为上了大半年的学前班，我比别的孩子学得快，经常被老师夸，被夸的感觉太好了。

每个班都有几个好学生，走运的话有一两个天才，还有一两个让老师头疼的差生。我幸运地当了六年的"好学生"，但是小麦运气就差了点儿，当了六年的"差生"。

小麦个子不高，圆脸上配了硬朗的五官，总歪着头拿下巴看人，不爱笑，自然让人觉得不好惹。老师很爱搞那种"一帮一"的活动，其实就是让听话的学生管不听话的，一方看着另一方写作业。小麦就被分到和我一组。

自习课大人不在，孩子还不闹翻天。我也跟着闹，孩子嘛，谁不喜欢玩？可是我比别人鸡贼，不管人怎么闹腾，桌上的东西还是整整齐齐的，一听到楼道里的脚步声，我就立刻安静下来埋头写作业。老师一进班，看到的就是别人都闹翻了天，而我在安静学习。

凭借着这种可静可动的机敏，我成了老师和大人眼里听话懂事的孩子。这种鸡贼劲儿也用在了"一帮一"活动上。我跟小麦说好，只要老师看不着，想怎么玩都行，老师一过来检查，就得装作写作业的样子。其实我也不是一上来就破罐子破摔，主要是老师都管不了的孩子，另一个孩子就能管好吗？小麦真的是油盐不进，她性格很凶，我也不敢管，只能出此下策，好在我俩相安无事。

这个小学的不少学生都是机电厂职工的孩子，基本上都住附近，平时出来疯跑疯玩也在这一片，经常能碰见。有一天我去学校附近的小超市买东西，小麦在外面闲逛，她跟我打了个招呼，我俩就边走边聊。只要没有大人，我就不是班干部了，她也不是"坏孩子"了。我们的话题总是围绕着电视上新播的动画片和电视剧，模仿我们崇拜的角色，傻乎乎地做各种中二的动作。

"昨天的《神奇武士》你看了吗？小花的鞭子真帅！"小麦用手里的红领巾当鞭子挥来挥去。

"对，她是主角团里最厉害的。"

"我也要有那么一条鞭子。"

"还是算了吧，你没有鞭子抽人都够厉害的了，有了鞭子还不把人抽进医院？"

"我要是有小花的身手，第一个就抽我后妈。"

小麦的声音和表情像往常一样又开始发狠，我试探地问："就那天跟你爸站在一块儿的那个阿姨？"

小麦点点头。

有一次我看见小麦爸爸开着车来接她，身边跟着一个很年轻的女人，头发及肩。那时候我们这个院子的人还不是很富裕，有辆汽车开进来很容易被记住。小麦的爸妈很早就离婚了,她跟着爷爷奶奶住,她爸马上就要再婚了。

小麦接着说:"那天我爸接我去他家,一下午什么吃的都没给我,晚上那女人说给我做面条吃,我吃完就拉肚子了,她肯定是故意的。"

我有点害怕,想尽快结束这个禁忌话题。"也可能是凑巧了,你吃了别的什么吃坏肚子了?"

"怎么可能!我说了,那天我什么都没吃。"

因为离学校近,小学六年,我都接着住在机电厂的家属院,张师傅夫妻俩带我。只有周末我才去小任家待两天,一般他们会周六上午来接,周日下午再给我送回来。那时候很多家庭都是这么做的,家属院里大多是爷爷奶奶、姥爷姥姥帮忙带孩子。到了周末,院子里就特别热闹,一对对夫妻回父母家把孩子接走。

我和小任过这个周末特别心惊胆战,因为小任爱人总是莫名其妙地生气。逛街没买到东西,累了没椅子,饭菜不合口味,都会成为她发作的理由。我周末最常听到这种"鬼打墙"一般的对话。

"咱去吃西餐吧。"

"我不想吃肉了,胃不舒服吃不了纯肉。"

"那吃淮扬菜?"

"老去那家都点不出什么了,老是那几样。"

"那你说吃哪儿,给个主意呀!"

"我不知道!"

我隐隐觉得小任爱人生气其实另有原因,不知道他们平时会不会也这么吵,难道是周末要带着我,所以让他们很烦躁吗?小任爱人一生气，就在一个地方站定不走了，全家人都陪着她罚站。夏天我跟他们在太阳下站着，冬天就在寒风里站着。他们俩总是走到商场外面僵持，因为在公共场合吵架太丢人了。我小时候最熟悉的，就是逛街路过的小情侣投来的好奇又带着嘲讽的眼神。我不明白他们在幸灾乐祸什么，将来他们势必也会站在这里，因为一家餐馆大吵特吵，早晚的事。

在一个冬天的周末，我们站在友谊商场的门口不知道该去哪里，我很冷，但是小任爱人一动不动，脸色很难看，小任也没有任何进屋去的意思，我就只好忍着。小任爱人那天戴的围巾是红色的，我看到暖色会感觉好一点。她一身都非常精致妥帖，穿着一件灰褐色的大衣，脚上蹬着一双黑色皮靴，放现在都是很利落的搭配。我一直盯着红围巾看，它一看就是羊绒的，很软，很垂，肯定摸起来很舒服，要是我能围一下就好了。我站得腰酸腿疼，还很冷，我想围这条围巾。它从上到下都很服帖，唯独垂下来的穗有点乱了，我就鬼使神差地伸出手去抚平了穗子。突然来了一掌拍在背上，把我打得向前一趔趄。

"你打她干吗呀？"小任爱人也吓了一跳。

"我打她是因为她不懂事，因为她没眼力见！"

我吓得一句话也不敢说，我想离小任远一点，可是也不想站在小任爱人身边，我疑惑这条街上明明都是人，为什么我却孤立无援。

在回去的路上，我们一家人都很沉默。每个周末都是我的受难日，张师傅夫妻俩总是很坚决地把我推出家门。我害怕跟小任夫妻俩在一起，可是也害怕他们俩不在一起。那天晚上，我又做了噩梦，梦见了让小麦闹肚子的那碗面条。

我对于和小任夫妻俩一起生活一直抱有恐惧，我必须得独自面对没有尽头的周末，试着处理大人之间我尚不了解原委的矛盾，试着从他俩的表情上揣测，是不是我又给这个家添了麻烦。越谨小慎微，就越适得其反，我正式加入这个家的第一件事就给小任添了个巨大的麻烦。

小任在我即将升学时，已经成了老任，进了厂里的中层队伍，有了点积蓄，也积累了一些人脉。虽然谈吐中还残留着年轻时的傲气，但他比以前更沉稳自信了。和所有的父亲一样，他一直自诩开明，其实就是散养，平时没时间过问，等到要升学的时候，就知道他是真开明还是假开明了。小任对我只有一个要求，考上重点初中。打个不太恰当的比方，这就好像一个人读了一年书，别人问他你读了几本呀，他说不多，就一本。什么呀？《鲁迅全集》。

老任想让我考本地的实验中学，一般重点中学都会办招生前的夏令营，其实就是提前选拔新生。在夏令营中表现好的学生，很有可能会出现在新生名单上。那所重点初中的老师讲得特别好，很多思路是小学阶段老师讲不明白的。然而那些字迹印得黑乎乎的试卷也确实让我阵阵心惊，原来一种文字竟然能写得这么冰冷。我好像一个被关了六年禁闭，刚刚被放出来的人一样。说实话，光是上暑期的选拔培训课就已经让我如坐针毡，我也很想进这里上学，老师讲得太好了，但是我也意识到这是一个难以企及的目标。后来回想起来，不知道老任高考时面对那张数学卷子，是不是也有同样的感受。

高强度的学习之后，我只想夏令营快点儿结束。考试成绩不出所料地不理想，我从来没在规定时间内做过那么多题。

正式招生考试那天，我们像参加体检一样排着队被领来领去。先在体育馆里考跳绳和短时间身体记忆能力，说白了就是跟着体育老师做一段完全陌生的广播体操，你要马上记下动作。我做得就像个关节零件卡住的破旧木偶。随后要进入教学楼，在一间间教室门前等待，考数学、即兴演讲和英语口语。

那是我有生以来度过的最漫长的一天。

过了一个月，排名成绩出来了，那一届正式录取二百人，我的排名大概在二百四十。我反复看那个名单，好像多看几遍我的名字就会向上移动一样。

那段时间我们家的氛围也特别紧张，家人因我的前途问题寝食难安。老任只得为我四处托人打听，有没有通融的余地，有没有预备的名额，找校领导疏通关系，我也就只能等待。

我的六年级第一学期过得暗无天日。一个月后的一天晚上，老任夫妻俩来张师傅家讨论我升学的问题。一家人挤在狭小的客厅，我坐在小书桌前写作业。

老任被三个大人逼问事情进展到哪一步了，他只说，没问题，我保证让我闺女有学上。老任越是一肩独揽，老任爱人就越是心慌。

"今天孩子上学这事儿要是解决不了我就不睡觉了！"

老任爱人愤怒地叫喊着，我最怕这种尖锐的声音。我不敢出声，只顾低头写作业，好像只要当个透明人，就能改变我是这个麻烦中心的事实。

又过了两周，老任夫妻俩带着我见了一位瘦瘦高高的伯伯，他有点驼背，虽然上了岁数但按理来说还不至于如此衰老。他的声音有些虚浮，但说的话可是掷地有声：

"孩子的名额下来了，开学带孩子去报到吧。"

老任特别客气地道谢，请客吃饭，还送了礼。饭桌上我除了

"谢谢"，多半个字都不敢说，生怕说错什么给老任丢人。我从没见老任对谁这么恭敬，他一直都很傲气。后来用他的话说，谁年轻时候不刚啊，有了孩子，就得低头。

老任托这位伯伯的关系，交了三万多的赞助费，也是因为我的排名没有特别靠后，招生办竟然给了我一个外语实验班的名额。

为了我上学近一点，老任夫妻俩在初中附近租了一套房子，我终于和他们住在一起了，可来到这里的第一件事，就让老任心力交瘁。

初中的第一个开学日，我很早就起床了，紧张得要命，胃里犯恶心，早餐一口都吃不下去。我等着老任开车送我去学校，但是已经快七点了他还是不着急。我小心地问了一句，什么时候走啊？他说你们不是七点四十到校吗？我的脑袋如五雷轰顶，瞬间就吓清醒了，是七点十五到校啊！老任轻描淡写地说，啊？我还以为是四十呢，那赶紧走吧。

开学日路上很堵，果不其然我迟到了，更倒霉的是我和我们班数学老师兼年级主任同时到了教室门口。我吓得大脑一片空白，破釜沉舟一般地硬往里闯，她一伸手把我拦在了门外。全班只有我一个人迟到，数学老师是个雷厉风行的老太太，她在门口拷问了我十分钟，问我住哪里，为什么迟到。而班主任是个特别严厉的年轻教师，放学前她让我在全班同学面前读了我用一天时间写的检讨书，并保证以后再也不迟到。

从这样的教训里，我学会了自己的事情，自己想着。

我们班主任事事要求尽善尽美，英语教得没话说，是学校里的青年骨干，年轻有为。可是班主任不光得教书，还得管班。说实话，我从没想过，这个世界上会有这么冷若冰霜的老师。我们"老班"最喜欢干的事，就是在打了放学铃之后，把我们留在教室里训话。心情好的话，训半个小时，但凡有点事儿就一个小时起步。

在初一开学前，我们新生都得军训。初中军训并不是站军姿、踢正步，而是在操场上学广播体操。那个时候我们就见识了这位新班主任的严厉。千万别被领操台上的体育老师批评，哪怕被我们"老班"发现队伍不齐，都得在操场上多站半小时。我就很纳闷儿，别的班都带回教室了，唯独我们班留在操场上，是能增加班主任的绩效吗？

有一天快到中午了，解散之前，我们像往常一样集合队伍。快要带回时，我前面的同学身体突然一软，中暑瘫倒在了地上。我本能地想去扶，可是身体却没动，其他同学也都没有动，从各自胆怯的余光里，我们确认了同一个理由："老班"说过，天打雷劈，队伍也不能乱。在放学前例行的"老班训话"中，她竟然板起面孔说我们冷血：

"我非常失望，刚才在操场上，跟你们朝夕相处的同学晕倒了，竟然没有一个人扶，我不希望我教出来的学生是这样一群冷血动物。"

我们谁也不敢出声，不确定这个教室里谁是冷血动物，总之，能确定的只有一件事，接下来的三年，我们都要面对这样一个喜怒无常的班主任了。

除了严厉的"老班"，更让我如坠冰窟的，是一场场入学测验。从晃晃荡荡的小学六年，一下到重点初中的测试强度，就好像本来要爬香山，突然通知你计划有变，要去爬珠峰。老师总能在你最没有准备的一天把测试卷子发下来，不，应该说，是我没有准备。其他同学传卷子的动作都如行云流水游刃有余，专注又自信，仿佛摩拳擦掌，对这样的测试期待已久。

入学前的各种斗志和幻想，就在一次次小测验中丧失了，每次我的成绩都是倒数。

下课了我不敢主动跟前后桌的同学说话，他们主动和我搭话，我都尽量表现得热情和善。

聊得多了，才发现我的同学们都好玩得各有千秋，他们生动的表情和令人怀念的纯粹的善意，是我初一刚开学那段时光里最大的安慰。和他们交往，我学到的东西似乎比老师教的还要多。

一个男孩说他家里经常住着几位外国客人，来自不同国家，每次都会给他带礼物，他们会用许多种语言交谈，不过我们从来没有听他说过除中文和英语以外的第三种语言。

还有我们的数学课代表，一个戴着黑色方框眼镜，有点少年老成的姑娘。她的祖辈曾经在新疆支边，我很喜欢听她讲草原上的事情。她说新疆其实没有想象的那么干燥，草原上，从远处飘飘悠悠地传来牛羊的叫声，风吹过来是清清爽爽、舒舒服服的。我还在想象着一片绿色和蓝色，就听见"老班"的声音："闹什么，整个楼道都听见你们吵！"

相处两个月之后，大家的性格就展现得差不多了，会找到令各自舒适的阵营。我们每个人都势单力薄，必须找到朋友，以对抗那些沉默的庞然大物。这些阵营形成的原因也各不相同，有的是天然形成的，有的是因为坐得近，有的则是职责造就的。

和"老班"比较近的班委们组成的是品学兼优、积极入世的圈子，她们聚在一起往往是因为班级事务。和老师走得远的就组成了独善其身、专心学问的做题圈子。而我很茫然，还不知道怎么做选择。做题，我不会；处理班级事务，用不着我。我只能暂时让自己成为透明人。透明到什么程度呢？老师都不会记得班里有我这号人。

有一次，放学前我们"老班"念当天听写单词不合格的学生名单，她会把每个学生的名字简称记在纸上，通常一个人名取一个字。我们班有两个姓任的同学，碰巧那天我们两个倒霉蛋还都在名单上，老师念完上一个任同学，到最后一个"任"字突然愣住，怎么也没想起来是谁，以为是写重了。我本以为逃过一劫，都开始收拾书包了，老师才在乱哄哄的人群里看见我："哦，对了，还有任微。"

我好像总是飘在人群外，不过有这种感觉的不止我。

有一天中午，阳光正好，我依旧沉默地坐在座位上，桌子上摊着练习册，可是那些字没进我脑子里。我突然有一点恍惚，不知道自己在哪儿、在干什么，等回过神来的时候，我已经哭了。没有声音，也不敢抬手擦眼泪，怕左右的同学发现异常。这时候，从我右后方猛地传来一阵歇斯底里的哭声，让我差点儿以为是自己发出的声音，回头一看，是刘青子哭了。

刘青子是个长头发、尖下巴、个子高挑、容貌姣好的女生，性格比较张扬，对学习不太上心，是老师的重点"关照"对象。

我们不知道发生了什么事，她只摇头不说话，挥手让周围的人别看她，就像是一个快要溺毙的人奋力在水面挣扎。

我和刘青子聊天交朋友，是从一种不得已的尴尬处境开始的。我们每个星期五都有在操场上的自由活动课，当体育老师一声"解散"令下，就是考验人缘的时刻了。刚开学的时候，一般我都是落单的那个，有时候刘青子也是，我俩就很自然地结成了组合。当然，这并不是说同学们不好，不带我俩玩，而是我的性格在刚开始很难和大家合上拍，找到相同的话题。刘青子为人很仗义，会主动来找我搭话。

现在我已经快忘了当时我们到底聊的是什么，可能依然是《神奇勇士》之类的动画片吧，具体说了什么我也已经记不太清，或者是别的什么流行的东西，总之和学习、老师、上课无关。可任何话题聊多了也都会厌倦，过了一段时间，我俩都有点累了。

班级这个环境就很有趣，它让一群人被迫从陌生走向熟悉，又让最初形影不离的组合在不知不觉中走散，有的人和别人走得近一些，有的人加入了新的阵营，这都是很正常的。我和青子走散，应该就是从她化妆开始的。

初中时，女孩子打扮起来都不敢太明目张胆。我们连手指甲都要定期检查，必须剪得短短的，不准涂指甲油，连透明的护甲油都不行，画眼影、涂口红、打耳洞更是一眼就能看出来。那时候，女孩就流行贴双眼皮贴。双眼皮贴要想贴得隐蔽、干净，还真是门技术，让大家都很有挑战欲，也有的可比拼，谁技术更好，就会成为圈子里的核心成员，向众人传授经验。

我们"老班"最厌恶的就是女生"搔首弄姿"。在我们班，别说化妆了，就是在洗手间对着镜子捋捋头发都会被"老班"训斥。她最擅长的，就是掐着尖尖的嗓音揶揄女生爱美，显得小家子气。凡是爱打扮、赶时髦的女生，无论学习成绩多好、有多聪明，一律按问题学生判定。你说这到底有什么问题呢？不晓得，因为其实没有一条校训说女生不允许照镜子，甚其中还专门有一条是：仪容仪表要端正。不照镜子，怎么知道自己仪容仪表是否端正呢？但有时人不是逻辑动物，一个人的喜好是不会跟你讲规则的，一句"老师不喜欢你"，就能给你套上脱不去的锁链。

这种氛围让化妆、身材之类的话题成了我们学生之间的禁忌，我更视其为洪水猛兽，生怕有瓜田李下之嫌。

青子偏偏不知从何时开始，总把话题往化妆、爱美和身材上引。

"哎，任微，你大腿有多粗啊？"

"我……我不知道。"

"你站起来，咱俩比比？"

"我肯定没你细。"

在教室里被问到这种话题，我面红耳赤，类似的尴尬时刻和搪塞之词变得越来越多。终于，在一堂英语课上，矛盾爆发了。

我俩有一段时间坐前后桌，英语课上需要两两搭对儿做口语对话练习。我们的话题一般都是老三样：你的理想、难忘的假期和介绍一位朋友。不过对于青子来说，话题永远只有一个，那就是她和她的男朋友，她仅有的英语词汇量都用来详细描述她和外班一个男生的恋爱逸事了。我每次听到这话，有如五雷轰顶——她是在故意让我难堪吧？看到我窘迫的表情很有意思吗？

"咱们能正常对话吗？一会儿还得站起来做分享呢！"

"这就是正常对话呀，我的理想就是永远和我男朋友在一起。"

"咱这样，你现在想怎么说都行，一会儿站起来，你就说一段正经的，行不行？"

我就差求她放过我了。我希望小学时一帮一的鸡贼依然灵光，可是青子不是小麦，她有自己的一套想法。

轮到我俩站起来分享时，我像带着请求似的向她提问："你的理想是什么，青子？"

刘青子露出了一个滑稽的表情，挑了挑眉毛，说："我最大的理想就是和我现在的男朋友永远在一起，他是八班的……"

"闭嘴！"

"老班"破音的喊叫在教室上空回响，全班鸦雀无声，除了青子，所有人都感到一阵窒息。

在"给你脸了是吧"的训斥声里，刘青子被请出了教室，到走廊里罚站。

那节英语课也变成了思想教育课。

好了，我这下倒是彻底被班主任记住了，作为她心头刺的一个朋友。

我不知道是不是自己太敏感了，自从那件事之后，似乎"老班"总会挑我的毛病。

我们那时候每个班都要写班级日志，就是记录出勤情况、今天发生的事情，还有一些感悟。轮到我写的那天，没有什么特别的事，我觉得平静的日子也挺好的。放学总结时，在教室前读我写的日志，第一句就是："今天班里无事发生……"

"老班"立刻不高兴地打断我："怎么能是'无事发生'呢？你连观察一下都不愿意吗？要你写这个班级日志干什么？"

这样的批评其实在我们班每时每刻都在发生，也不仅仅是发生在我一个人身上，只不过那天，我总觉得"老班"是话里有话。

刘青子和"老班"的正面对决也不知谁赢谁输，青子变得比以往任何时候都更加叛逆，还练就了在别人异样的眼光和"老班"劈头盖脸的训斥中怡然自得的本领。

我渐渐地和青子疏远，不过再次落单之时，倒也并没有想象中的慌张和空虚。那会儿竟然在学习上有了点起色，让我的注意力被分散了。我开始找到一点自信，和更多人有了交集。

某一天放学后，我和学习委员程安同路，请她给我讲讲数学题。和她一起讨论思路很让人安心，她是个和善亲切的女生。程安的讲题逻辑非常清晰，就像香蕉剥皮后可食一样自然，我能记得很清楚。

不过，我竟然因此而痛苦起来，不知道这种自然的讲解什么时候可以发生在我身上，不知道有数学题的日子还要持续多久。我希望时间也能有一条辅助线，连接现在与未来的某个坐标点，但愿那个坐标落在不需要通过别人的评价来确认自己符号的象限。

程安显然觉得我在胡言乱语，她只是笑笑，说："你应该多和我们说说话。"

就像她建议的，初一下半学期我变得开朗一些了，有意地和程安多交谈，也观察其他同学都在想什么、做什么，慢慢忘记了青子的事情。

程安有什么事情都会叫上我，久而久之，我和其他班委也越来越熟悉了。我发现她们的相处方式和我想象的并不一样。

从她们身上，我学到了一件最宝贵的东西，就是专注。只要有一个人开启了一件事情、一个计划，慢慢地其他人都会加入，这种静静的凝聚力让我很钦佩。

"我要去操场跑步，你们来吗？"

"好啊，走！"

我记得在入秋的黄昏，我只能坚持跑一圈，就坐在跑道边上，看着她们前前后后地跑着，被汗水浸湿的头发贴在鬓边，谁也没有说话，只是安静地向前跑。

有时候一两个人跑步，我就拉着其他人朗读小说。程安还会陪着我分角色来读，很不幸地，我俩把大家都给读困了。

在那个时刻，我感觉身体都轻盈了起来。

温水一样的日子一直持续到初二，我已经很习惯加入班委的日常工作了，虽然我身上并无一官半职，我也不想有，但只要能和她们走得近就行。我就像是追着光的弱小植物。

在某节班会课上，我们"老班"突然说了一句很怪的话：

"一个班啊，想没有小团体是很难的，咱们班呢，每个小团体都不一样。班委有班委的特色，学霸有学霸的特色。"

我们不知道这又是唱的哪出，"老班"说话一向是春秋笔法，总要让人猜。这一点跟老任爱人可真像。

初中头两年，我最熟悉的生活就是在放学后全班被"老班"留下教训一通，她阴阳怪气地从不指名道姓；回了家，老任爱人可能正跟老任发脾气，任何事情都可以成为由头，今天老任有饭局回家晚了，明天她工作不顺心了，后天我又考砸了。就像在班里希望自己能消失一样，在家里，我也只会做个乖巧的鹌鹑，以为只要懂事安静，老任爱人就能不生气了。可我越是装作可怜，她就越生气。

一个周末的傍晚，我在客厅做作业。那时候我们家租的房子在十六楼，没有封阳台，风吹进屋子，吹得纱帘飘了起来。我突然有种冲动，想跳下去试试。

如果我从这个世界上消失了，这个家会变成什么样呢？是不是老任和老任爱人的关系就能有所改变，我就不用再给他们添麻烦，不用再给任何人添麻烦了。

我被自己这个想法吓了一跳，回过神来，发现其实是电话铃声响了。是程安的电话，通知我到学校帮个忙。

到教室的时候，我还在想阳台的事，迎面差点儿撞上"老班"。她和几个班委都在，已经交代过工作，就是年中的学生评价开始了，让我们几个帮忙完成学生互评。学生评价无非学习、品德、体育那些方面，做做评价，打个分。有自评、同学互评，还有教师评价、家长评语这么几栏，通常同学互评就由班委统一代劳。

让班委来打分是为了保证全班的分数能正态分布。所谓正态分布，就是要控制每档分数等级的人数，不能有太多人被打低分，也不能都是满分，显得我们敷衍了事。

那给谁打五分，给谁又是三分呢？这就是一件很主观的事情了。

其实这个年中评价并不会和任何事情挂钩，只为完成学校的任务罢了，不过学校领导重视，那流程上就得说得过去。如果单纯只是打分，我们走个形式就好了，最痛苦的是要有异议讨论环节，被打了低分的同学可以来询问原因。

接下来的周一下午，我和程安，还有一两个班委就在昏暗的楼道里等着，同学们看过了自己的评价手册，有异议的可以出来一对一讨论。通常大家是不会怎么计较的，我们例行等个十分钟，没人出来这个环节就算通过了。不过这次有点小插曲，有两个女生来找了我们。

稍矮一些的叫文佳，个儿高一点的叫思如。她俩都不是本地人，而是学校挖过来的尖子生。两个人都在"自尊自爱"那一项上被打了三分。不高兴是理所当然的，文佳就来问我们。

"为什么这一项我们被打了低分，因为化妆打扮吗？"

文佳和思如成绩一直很好,一个爱说话,一个文静一些,都是很好相处的同学。她们和谁都聊得来,爱玩,学习也不用老师操心。只要聊得来,文佳和思如才不管什么你看不看得惯,她们平时和刘青子走得很近。有一天,几个同学凑在一起讲题,文佳眉眼低下来的时候,我分明地看到她的眼皮上有一条双眼皮贴。

"嗯,其实就是,有时候和别的同学一起玩,要注意一下影响。"

见我支支吾吾的,文佳干脆地问:"是因为我们和刘青子走得太近了对吧?"

我不知道该怎么回答,只有羞愧。在那个昏暗的走廊里,思如站在文佳身后,侧着身,冷漠的目光看向别处。

后来我再也没有参与这种评优事务,一看到学生手册,我就会想起思如的那个眼神。

我们过了一段平静的时光,但很快又被刘青子和"老班"严峻的关系打破了。我从班长和程安唉声叹气的谈话中得知,青子最近开始有自残行为。有时从她伸出的手腕上能看到水果刀划出来的痕迹。

如果在化学实验课上和青子被分到一组,我就会不自觉地朝她的手腕看。隐约能看见一道疤痕,已经快好了。她还是有说有笑的,看不出伤心或者愤怒。

青子倒是没什么,把"老班"可紧张坏了。班长有次和我们抱怨:"'老班'又把我叫到办公室,跟我说刘青子今天坐在厕所窗台上待着呢。'你没看见吗?都出这么大事儿了你怎么不和我说?'拜托,我是得一天二十四小时盯着她吗?她坐哪儿我怎么会知道!"

我感知到的初中生活和大家的只言片语存在着巨大的差距,

大家听得津津有味，不过我想，我们其实都希望这一切能快点儿结束。

没过多久，我们班就从只有一个班委关注青子的动向，变成了全班都不自觉地观察她。只有三两好友还是一如既往地和她一起玩。对于旁人来说，青子变得越来越难以接近。我们那时候都自顾不暇，动辄得咎，就连问一句"你没事吧"都显得奢侈。

在一堂体育课上，我们刚整队上课，就听到从队伍某处传出一阵压抑的哭声，好像又是从我右后方传来的。我小心翼翼地转过头用余光去寻找，看到青子低着头在哭，肩膀都在颤抖。不同于上次在教室里歇斯底里的哭声，这次她哭得就像一个犯错的小孩子，不敢让大人听到，怕会得到更严厉的惩罚。

后来有传言，刘青子那天接到了爸爸的电话，她妈妈自杀了，因为产后抑郁症。

我们第一次听到"产后抑郁"这个病症，甚至是第一次听到"抑郁"。后来这个"抑郁"就像病毒一样在初二的最后几个月传播，先是隔壁班有个女生因为抑郁症休学了，后来在期末考试时，我们班有一个同学因为压力过大而晕倒了。当听到刘青子家中的噩耗，我一时难以相信，为什么产后的抑郁直到刘青子长这么大才爆发？如果这是真的，我很难想象刘青子是在一种什么样的环境下长大的。

震惊的情绪没有困扰我们很久，因为初二的最后一场考试要来了。这可不是一场普通的期末考试，是一次推优考试，成绩决定了推优到高中直升班的资格。进入直升班后，初三这一年就会被分到一个单独的教学楼里，直接开始学习高中课程了。对于我们来说，这是一次"小中考"，过了这一关就能直升高中实验班。

小学六年级的噩梦似乎又要重演了,我需要用仅剩的几个月拼命进步,我要把那个噩梦远远地甩在身后。

也是之后几个月的冲刺,让我和程安她们这个小圈子的关系更加牢固,我们总是在一起复习,课上听老师讲一遍,课下我再听她们讲一遍。我们几个人里,有英语、数学、物理课代表各一人,每人负责一科,带着大家一起做题和讲题,语文我们就互相抽查背课文。可以说,最后我们这一群人的复习强度,连任课老师都自叹不如。

别的同学怎么样我还真不记得了,反正我们几个人的成绩是突飞猛进。这样的专注甚至让我忘记了"老班"的冷漠,她再用什么眼光看我都无所谓了。目标忽然变得简单,我要得到更高的分数,获得更好的成绩,谁喜不喜欢的又有什么关系,没有人情世故,只有专注和努力。每天放学后她的训话也变成了我的默背古诗时间,她在上面说得天花乱坠,我就低着头干自己的事情。

人太专注,就会不太注意对周围人的态度。刘青子在那段时间变得更肆无忌惮,在休息时间就和朋友在位子之间又跑又笑,不小心推搡到我的时候,我会很不耐烦地说:"别在我这儿闹!"

刘青子白了我一眼,说:"谁爱在你这儿闹呀?"

不知道是不是因为我得罪了她,之后就发生了一件小事。

我早上总会在桌斗里发现一些垃圾。第一天是用过的纸巾,一开始我有点恍惚,是我前一天用的忘记扔了吗?起初我没在意,可到了第三天,再傻的人也能明白是怎么回事了。

那天早上,我的桌斗里出现了一把用坏的刻刀。我把刻刀放到刘青子的桌子上,对她说:"是你的刻刀吧,是你的就自己扔。"

刘青子好像正等着我开口,她抄起刻刀就扔回了我的桌子,把周围的同学吓了一跳。"这是你的，凭什么让我扔啊！"

我不想浪费时间跟无赖讲道理，便一言不发地回到了座位上。自从那天的体育课之后，我隐约能察觉出青子对谁都带着一股恨意，包括她自己。

我也没声张，这不是什么大事，就算跟班主任说，除了找麻烦，浪费时间，什么也解决不了。我就开始了暗地里的反抗策略。我每天都留着青子扔到我桌斗里的垃圾，等到放学她走了，我再扔回到她的桌斗里。这把戏很无聊，但有效。过了几天，我想她应该是感觉一拳打到了棉花上，并没有得到什么刺激，也就没有再继续向我的桌斗扔垃圾了。

很快我也就忘了这件事，每天光是记考点都记不过来，哪有闲心管那些小事。不光学校的事管不了，家里的事我也没法分心。我那时候觉得，只要自己学习变好了，家里的一切矛盾就能迎刃而解。

初一上半学期，我的数学作业一塌糊涂，实在没办法我就偷偷抄习题册后面的答案。可这治标不治本，上课老师叫我起来回答问题就露馅儿了，气得我们数学老师强令我以后的数学作业都叫家长签字再交上来。我们数学老师人挺好，后来初二冲刺我们老去问题，她加班都愿意给我们讲。但那时候老师拿学生没办法，不就都动用家长这一招吗，我拿着数学老师写的便条给老任爱人看，她在街上就开始训我，边走边训。

"我们花了那么大代价供你上学，你就这么回报我们是吗？你气死我了！"

很多家长生气的时候都用这句话，你就这么报答我们吗？我就很奇怪，当然不是了，哪个孩子不想出人头地，让父母脸上有光呢？如果我们人人都能考第一，我们会不考吗？

我面对老任爱人的怒火只能沉默，回家之后，老任让我先回屋写作业，他在客厅里劝自己爱人。老任一向是道理一大堆，实在不行就用逛街、买东西来分散老任爱人的注意力。这种办法和我抄答案一样治标不治本，老任爱人还是会因为相同的几个原因生气。

第二天早上，在老任的车上，他坐在驾驶座，我坐在后排，他朝着挡风玻璃说话，我就听着。老任说："你以后有什么事就跟老爸说，别跟你妈说，你说你跟她说能有什么好结果吗？只能让全家人都不痛快，还解决不了任何问题。你妈妈和别的母亲不一样，你看别的妈妈从小就和孩子抱啊、亲啊，我跟你说，你妈打小就没怎么抱过你。她就是个比较冷漠的母亲，给不了自己的孩子一般母亲的那种母爱。"

我觉得老任说得不对，平时老任爱人还是很和蔼的，她很爱笑，爱读书，还会和我聊很多音乐、画画和文学上的事。老任爱人带着我的时候，我会更放松，相比之下，我和老任才是更不亲。我也不想让老任给我的作业签字，因为他倒是不会发火，他只会失望地叹一口气，意思就是，女孩果然不如男孩有后劲儿。老任爱人对我发火，是因为她觉得我不应该是这个水平，可以做得更好。

临近初二期末考试的某一天，放学后我已经累到一句话都不想说。可是一推开家门，扑面而来的寂静告诉我大事不好。我最怕家里安静得只能听见时钟指针走动的嘀嗒声，这说明老任爱人刚刚发过一通脾气，老任正在沉默地等她消气，然后再用拙劣的话题转移她的注意力。

我找了一圈，发现只有老任像被打过的沙包一样坐在沙发上。这次更糟糕，老任爱人自己出去了。

我放下书包,换上了家居服,整个屋子只能听到我收拾的声音。我感觉自己从一个沼泽陷入了另一个沼泽。

"你给你妈打个电话,问问她在哪儿呢。"

我最怕老任跟我说这句话,让我打电话,是他束手无策时最后的救命稻草。

我要拿自己手机打,如果拿家里座机打过去,老任爱人肯定是不会接的。

"喂,妈,你在哪儿呢?"

"别管我!让我死外面!"

"你别生气了。"

这段对话会以类似的程序重复若干遍,我不知道她因为什么不高兴,更糟糕的是,我也不会撒娇。有时孩子替父母的一方服个软、撒个娇就过去了,我时常为自己没有这项技能感到羞愧。然而我也没有勇气问她"发生了什么",我还没强大到去碰触大人之间的矛盾,只希望不管用什么方法,赶快让老任爱人的怒火平息。

在反复的"你回来吧""别生气了"的哀求之后,老任爱人终于不耐烦了。

"你就会这么两句!"

然后电话就会被挂断,我站在原地无法动弹。接下来我要面对老任的"你妈说什么了"这个问题。我希望现实生活是一道道选择题,而不是一篇接一篇的命题作文。

我攥着手机站在阳台上,站了好久,还往下看了看。

我问老任怎么回事,老任说你妈把现在的工作辞了,因为一些人际关系、薪资问题和身体问题。意思就是老任爱人最近很焦虑也很疲惫,和同事有很多摩擦,每个月的工作量都完不成,还有很严重的颈椎病。我想，如果老任爱人能休息一段时间，好好放松一下，远离工作，更重要的，远离家庭，她会好很多。然而老任说，谁在工作的时候能事事顺心啊，这个家围着你转，还能让这个地球围着你转吗？

实际上，辞掉工作待在家里并不能解决什么问题，老任爱人本来就不喜欢在家待着，这下更无处可去，我知道出问题是迟早的事。

还有老任的态度也让事情雪上加霜，他不是养不起家，而是无法接受欣赏的另一半失去职业光环："女人啊，就是沉不住气，你要是男孩，我肯定希望你做什么事都能耐得住寂寞。"

现在老任爱人成了老任嘴里永恒的反面教材，我听够了，终于问了我一直想问的："那你当初为什么要结婚呢？"

"谈恋爱的时候肯定不是这样的啊，结婚之后她就开始受不了买菜做饭的日子，可是谁家过日子不是这样的吗？生完孩子之后是有一些抑郁啊，消极啊，但是这些不都是能靠着家里的支持缓解的吗？谁家过日子不是这样的啊。"

老任还在委屈地向我倾诉，他一直觉得我是他的同盟。

"你别说了！"

我感觉自己在发抖，我想吐。

我开始不停地咳嗽，可能是刚才大喊呛到了。我不擅长生气，不喜欢冲突，我渴望和谐平静的生活。但我想这些很快就会失去了。

快七点了老任爱人才回来，我不敢看她，把自己关在房间里写作业。

一两个小时过去，老任把电视打开，他们又开始打着哈欠看无聊的肥皂剧了。我等到一切都安静，洗了澡，刷了牙，把书包收拾好，关上灯，躺在床上，开始哭。

接下来的两周，我拼命让自己忙于学习，每天放学后在操场上逗留得越来越晚。我求程安在课间考我一些问题，我靠着答对这些问题来获得成就感。

老任爱人放松了一小段时间，就开始在日常生活中重新拼凑价值感。她对家务特别严格，地上的细小灰尘都会让她烦躁不已，我那卷子堆成山的书桌也让她坐立难安。还有多久，我还要上多久的学？我觉得老任爱人现在最需要的就是离开这里，去周游世界，可是她自己哪里都去不了。就算在本地转转她都必须有人陪，我从来都不理解，为什么一个人会这么渴望陪伴，我就总希望自己待着。

黄昏时，坐在操场跑道边上静静地待着已经成了我生活中的奢侈。

这段时间，唯一能给我安慰的就是成绩突飞猛进。任何人的眼光我都不在乎了，也不想管什么人在做什么，他们心情如何。我只知道，只要努力学习，就能在考试里得到回报。这是我能得到的唯一正向反馈。

准备最终考试期间，有各种推优政策摆在我们面前。需要我们和家长一起来评估，选择最稳妥的、收益最大化的道路。我当时在两种选择之间犹豫：是孤注一掷，就看期末考试成绩决定能否直升；还是走一条折中的推优路线，可以被推荐去其他学校。就在我举棋不定时，班主任主动来找我谈了一次话。

我第一次这么郑重地、面对面和班主任谈话。她迂回地谈到了推优建议，提及了我现在的成绩："从你现在的成绩来看，我还是建议你走折中的路径，能被推荐去其他学校，至少是有个保底的。"

她歪着头，说得漫不经心，好像给个建议都是看得起我了。

我本来想和老任商量一下，但是在当时当刻，我想都没想，说："不，我决定靠期末考试成绩，走直升。"

我看到班主任停顿了一下，露出了惊讶的表情，遗憾地笑了笑说："那好吧，我觉得这是个很好的机会，既然你做了决定，那就加油吧。"

那一刻，我才发现，她没资格当老师。

在最后冲刺的十几天里，我的复习都很顺利，唯独看不进去英语。不过我盘算好了，英语只要正常发挥就好，其他科目我都保持在最佳状态。

考试的前一天晚上，我特别兴奋。那一整晚我都没有复习，一个字都没看，我跟老任爱人说："这次期末考试完了，我们出去旅游吧。"

老任爱人兴致也很高，看得出来她很开心。我那几天就像打了鸡血一样，每天能干一百件事。

初二最后的考试已经开始模拟中考的环境，学生被打乱班级，到其他教室去考试。通常我们会先在自己班上完早自习，班主任做最后的嘱咐，然后各自拿好东西，去考场准备。我每次走在去指定教室的路上都会感到恶心、胃部反酸。第一科是数学，我的胃又开始折腾，但奇特的是，那天空腹的感觉让我很惬意。那种全身的血液都好像在有条不紊地运转的感觉真是太棒了。

那次考试，很多道大题的答案都很奇怪，比如三分之根号五百九十四之类的数字，写出来就像个蘑菇。不过我当时竟然隐隐有些笃定，真是莫名其妙。

两天之后，一出考场我就立刻忘了考试内容，以及我背了几个月的知识点。我什么都不记得了，只想睡一觉。其实睡不着，我就是什么都不想做。

回到家，我迫不及待地想跟她说说这次考试。但是我刚开门，就听见她的声音从我房间传出来："什么都往床上一扔，瞧这桌上东西乱的，看着我就烦，你从来不说收拾！"

接着，她不让我说一句话，一直对着我大发雷霆。我感觉脑子里有一个排风扇在嗡嗡作响，但我不敢发怒，也不想服软，甚至不想说一句话，我刚考完试，就不能让我消停会儿吗？我知道，"消停会儿"是对她神经的一种刺激。

她发泄完了，一阵沉默之后，我担心她，就走到房间里查看。她坐在我的床边，低着头，什么也不说，什么也不做，只是沉默地盯着自己的手。

我觉得有点害怕，从来没见过她这个样子。于是转过身开始收拾书桌，我把卷子分门别类地放好，尽量把已经作废的扔掉，减少桌子上的物品数量。卷子发出"啪啦啪啦"的声音，她出去了。我以为她是在家待着无聊，自己出门了。

可是没一会儿，我又听见了她的脚步声。

她走到我身后，突然将一条绳子绕在了我的脖子上，两只手用力地向后拉，我感觉自己整个人都被这股力气提了起来。喉咙被绳子扼住的感觉非常清晰，从里面发出可怕的"咯咯咯"的声音。我感觉很疼，也很慌张，双手出于本能地向后抓去，想要制止那用力的胳膊，但我什么都没抓着。我抑制不住地呼气，可进气几乎没有，身体里的二氧化碳在增加。绳子压迫颈动脉的感觉变得模糊，我在脖子处反复抓挠，想要把绳子拽开，但是这绳子好像很薄、很细,怎么都扯不开。我渐渐失去了意识,在陷入黑暗的前一刻,我想到的是,要是当时没有和青子吵架就好了。

02 老同学

我和大家已经十年没见了，自打初中毕业之后。

进了高中直升班，初三就被分到了一个单独的教学楼里，直接开始学习高中课程。对于我们进入直升班的人来说，在初二的期末就已经完成了中考。那次考试，我们所有人，连同身体的每个细胞，都似乎进入了战备状态。成功直升后，厮杀结束的佼佼者重组为一个班。有的人之前就认识，有的人低调得只在公告栏上见过照片。我们就像脱离了地球引力一样快活，那个昏暗的实验楼，就像一个能避秦时乱的世外桃源。

毕业之后，我就再也没回去看过班主任，和班长她们则时常聚一聚。据她们说，班主任送走了我们这届就再也没当过班主任，现在也不再教重点班，每天嘻嘻哈哈的，早已不像原来那么凶神恶煞。

对于班主任的现状，我一点儿兴趣都没有。我并不想回忆那段日子，和同学们小聚也都是聊大家的事，出国的出国、结婚的结婚，只有各自的性格还是老样子。

我去北京念了文科，毕业之后混了几年，并没有搞出什么名堂，就在今年年初回了老家。

刚回来就被拉来参加同学会，不年不节的，也并没有国外的同学回来探亲，这次聚得有点儿莫名其妙。

地点就约在一家日料店的包间，攒局的不知道是谁。一张长条桌子，下面掏空可以让腿脚舒服一些，一套套碗筷摆得整整齐齐。我到的时候，班长和一两个人已经先到了。两两对坐的话，这张长桌可以坐下二十个人，这次聚会大概有十八九个人，人太多或是太少都会拘束。这个人数刚好方便我把自己藏起来。

我找了个靠中间的位子坐下，努力回忆对面的男生叫什么名字，是哪几个字。刚见面，早已生疏的伙伴们例行回顾名字和初中的糗事。说到怀念的小事，大家都笑作一团。人还没齐，记忆里的存货都倒干净了，有人就开始看群消息，问一问怎么还有没到的，一会儿点什么菜，气氛渐渐尴尬起来。

有一个生面孔的女生竟然大摇大摆地走进来，一句话没说就坐在我右边，我惊讶地想提醒她这是个同学聚会。她碎发及肩，T恤外面套了一件长袖衬衫，脸上画了淡妆，可能描了个眉毛吧。我的记忆还不至于差到对某个初中同学印象全无，而且我可以断定这个人也不认识我，她竟然会这么自如地坐到我身边，让我很诧异。

"你是？"

"她呀，你肯定不认识的，后来才来的。"我对面的张素超给我解释。

"她叫常一洵，初三上学期才转来。你那时候都去小黑屋了，也不怎么回来，肯定没见过。"班长没考到直升班，一直留在原先的班里。那时候大家喜欢管我们直升班待的地方叫小黑屋。

常一洵一直侧着头听别人介绍自己，微笑地看着我，不开口说话，似乎很享受什么。

"我叫常一洵，几月上旬的旬加三点水。"事实上我对究竟是哪个"洵"并不感兴趣。

"你好，我是程安。"

"原来咱们班的学习委员。"班长帮我补充。

"我听文佳和思如提起过你。是吧文佳，我记得你跟我说过，程安是咱班的学霸？"她朝对面的文佳问道。

这个"咱班"让我有些不是滋味。

文佳正在跟思如聊天，突然听见自己的名字，便转过头来说："嗯？对呀，程安那时候经常考第一。"

"哪有第一呀？你跟思如才经常第一、第二好吧。"我纠正她。

"你记得这么清楚。"常一洵搭腔，我感觉她在没话找话，"不愧是学委。"

"你从哪里转学过来的？我后来都不怎么回老楼了，班里怎么样我也不是很清楚。"

"我从苏北一个小地方来的，说了你也没听说过。哎，文佳和思如也去了直升班对吧，她们俩就经常回来。你知道吗？你们这些转去直升班的一直是传说一样的人物，大家都以为你们已经开始搞科研了。"

"并没有好吗？那时候学的什么来着，反正就高中那些东西吧，哎呀，想想都累。"思如辩解了两句，也想快点儿让常一洵打住这个话题。

常一洵又随便跟我聊了两句，听口音她并不是南方人。

慢慢地人到齐了，大家的注意力就都集中到了桌上的美食上。酒过三巡之后，我们又开始就近聊了起来。我和班长聊得越来越放松，文佳、思如还有几个直升班的同学在聊一些高中的事情，偶尔叫我两声，其他人也都和初中时玩得好的朋友在一起叙旧。我一直在等还有没有人来，我想到了刘青子，不过直到将近十点，她也没有出现。

"你们谁跟刘青子还有联系呀?"

我身边的常一洵一直没怎么说话,此时却突然发问,问得周围一阵沉默。

文佳就像举手回答问题一样说:"她结婚了,整天带着孩子环游世界,前两天我还看见她发旅游的照片。"

"你们没叫她?"

"叫了,她说在外地呢,回不来。"文佳说。

"那会儿,她可是咱们班的叛逆先锋,我一直好奇她以后会做什么来着。"常一洵露出一副怀念的神情。

这感觉真奇怪,一个你并不认识的陌生人,在怀念你记忆深处的事情。

"哎哎哎,别背后议论别人啊。人家现在过得可好了。"思如的眼神还是和初中时一样凌厉,"常一洵,也是挺奇怪的,我记得你刚到班里也挺不招人喜欢的,尤其是'老班',老骂你,你好像和青子关系也挺好的呀,怎么你不叫她?"

"我不就是因为老和青子在一块儿才惹班主任不高兴吗?"

常一洵和文佳、思如大笑起来,在这一点上,她们算是惺惺相惜。

文佳顺着话头又想起了什么。"我记得那时候我俩,"她指了指自己和思如,"学生评价手册上还被打过三分,就品德那块儿吧,我俩还拿着手册去找过班干部呢。"

被这么一提醒,我也想起来了。"对,我有印象,那时候班干部还要答疑,那天我也在。"

思如也接着说:"是文佳要去问的,我们就很不服气,又没做错什么。我记得那天在楼道里,你们被我俩问傻了都,任微还跟着凑热闹,非得掺和……"思如的话音戛然而止。

听到"任微"的名字，所有人都安静了。

我对面的张素超调整了一下坐姿，说："咱说这干啥，说点儿高兴的，来！"张素超举起酒杯，我们也都跟着活跃起来，班长赶快转换话题，饭桌上的气氛又缓和起来。

"你现在是念研究生呢吧？"张素超问常一洵。

"对，正为论文开题发愁呢。"

"啥专业？"班长也问起来。一时间，我四周的人又都聊得火热。

"你们管那个专业叫算命。"

"心理学？"班长很吃惊地看着她，"你当初不是说打死不学心理学吗？我记得你那会儿说要么学物理，要么学哲学来着。"

"物理，我不是那块儿料，哲学变成爱好了，现在听了我爸的话，将来考公安系统吧。"

"可以啊，那以后咱在派出所不就有人了！"张素超打趣道。

"你还别说，我现在申请了回来实习，就在离这儿不远的派出所。"

之后大家聊起了各自的工作，问到我时，我只说了想回来找工作，北京留不下。班长和文佳看我消沉，还纷纷提议帮我介绍工作，我一阵感动，说还是回来好。

"我现在家都没搬完，想安顿好了再找工作，到时候有什么机会我都欢迎。"

"要帮忙吗？"

"就剩下些杂物了，书啊、工艺品啥的，没有大件儿了。"

"其实也不好搬，我觉得搬家最难的就是搬手办这种东西了，压不得碰不得，还多，为了搬它们得来回好几次。"常一洵好像很有帮忙的热情。

"我还真没什么不能磕碰的东西。"

"你别说,小时候咱也没什么零花钱,买不起手办,工作了以后玩命买,现在就怕搬家。"张素超到现在还是二次元发烧友。

常一洵一下子来了兴致,直起身子一个劲儿地用手指着张素超:"我记得那会儿有个番很火,咱们连台词都能背,叫神奇什么……"

"《神奇勇士》。"我脱口而出,觉得这个名字比较熟悉。

"是这个名字吗?我怎么记得是武士来着?"张素超对这方面比较感兴趣,他说的应该是对的。

"那就是我记错了,《神奇武士》吧。"我也并没有在意。

"哎,张素超你家里还有手办是吧?出吗,给个老同学价呗!"然后大家就开始做起了手办生意。

所有人都天上一嘴地上一嘴地东拉西扯,就像一般的同学聚会一样。不过我总觉得有什么事情不太对劲,可能是因为我身边坐着个素未谋面的"老同学"。我尽量避免和她对话,希望她能加入文佳她们。我转向班长,努力和她找话题。所幸常一洵后来就很少挑起话头儿了,她显然在班里曾是个令人瞩目的人物,跟谁都能聊得很好,经常负责在快要冷场时转换话题。

没过多久,我就觉得筋疲力尽。已经快十一点了,我想早些回家,洗漱休息。文佳和思如还在和几个直升班的同学玩桌游。班长和常一洵聊着派出所的实习生活,还有后者讲得像玄学话本一样的毕业论文。我什么都听不进去了,满脑子都是地铁的末班车几点结束,还要跋涉多长时间才能到家。

03 十年前的黄昏

我终于把家安顿好开始找工作。回到家乡找工作比我想象得还要艰难，我不是一个对薪资有过高要求的人，尽管如此，情况还是不容乐观。我强迫自己开启每天早九晚五的生活，第一件工作就是找工作。早上一睁眼，我就得克服地心引力，起床、收拾好自己，修改简历、浏览求职网页、出去面试。我很庆幸家里人没有催促。

一筹莫展之时，我只能先试着向班长求助。

今天早上她联系了我，不过说的不是工作，而是常一洵想要我的联系方式，请我帮个忙。我自己的生活都焦头烂额，实在没法分神帮别人忙，正想着能不能让班长帮我拒绝，常一洵添加好友的消息就来了。

无奈之下我只能通过了好友申请，手机上马上就显示了她发来的消息。

"嗨，程安，听说你是中文系的对吗？能帮我个忙吗？想请你看篇小说。"

难道是常一洵想写小说了，让我给她提意见吗？

"可以是可以，不过我现在比较忙，可能没法给出什么建设性意见。"

"不用不用，这不是我写的，我只是想请你看看，说说读完的感受。"

我皱着眉头打开了电脑,查看她发过来的小说,第一页正中央用黑体一号字写着硕大的题目"任微的故事"。

看到"任微"两个字,我感觉自己快要站不住了,于是赶忙找了把椅子坐下。这是一篇大概有一万八千字的小说,并不长,是以第一人称写的,作者就是我的老同学,任微。

关于十年前的回忆一直被我们封存在记忆深处,而在打开这篇小说的那一刻,我突然又被拉回了永远甩不掉的初三。那时发生的事情太可怕,让所有人的初中最后一年都蒙上了诡异的阴影。

我终于明白这次的同学聚会哪里不对劲了,常一洵总在有意无意地把话题往任微身上引,她在重新调查当年的事。她是想用那个案件完成自己的毕业论文吗?这个人可真是不招人喜欢。可是事情已经过去十年,我的记忆也不是那么清晰了。

我强迫自己读起了这篇小说,这是任微写的她自己的生活。现在这个年纪读起来可能有点无聊,但对于一个初二学生来说,能把一篇小说写得不中二已经很优秀了。

我读得心不在焉,总情不自禁地回忆那件事。

初二的期末考试结束之后,就在公布成绩的当天,任微家楼下停了好几辆警车。她和她妈妈的尸体在家中被发现了。

在出事的前一周,任微曾经跑来找我,说她刚跟她爸爸大吵一架。任微当时非常消沉,她认为是因为自己的出生才让她妈妈的生活变成了现在这个样子。那时候我才知道,她妈妈已经有很明显的抑郁倾向,不过一直没有去看过医生,谁也没法确认。她妈妈辞去了工作之后,抑郁情绪的爆发先兆也越发显著。

出事的那天,是公布最终成绩的前一天,下午六点左右,任微正在给我现在读的这篇小说写结尾。然而谁也想不到,她正在写的故事马上就变成了她的生命预言。小说里,她妈妈因为一时愤怒勒死了她,在现实中,她妈妈真的用一段塑料捆扎绳勒死了自己的女儿。

发现母女俩出事的,是从外地出差回家的任微爸爸。男主人回到家,看到的却是妻子躺在主卧床上、女儿仰面倒在客厅的恐怖一幕。他当时绝望地瘫倒在地,来来回回地拼命晃动着妻子和女儿的身体,叫喊着她们的名字,但是整个屋子只有他自己的声音在回响。

任微爸爸在两天前去郊区出差,离家并不远,却没想到不到三天的时间,他的人生就发生了剧变。

在女儿的房间里,电脑开着,屏幕上显示着一篇她创作的小说,也就是我现在正读的这篇。页面就停在小说的结尾。房间里井然有序,只不过母女两个人再也没了心跳,其他地方没有任何混乱。母亲的床头柜上放着一瓶已经空了的安眠药,瓶身上提取到了母亲的指纹,床边的地上还有一大摊呕吐物。在全力争取了任微父亲的理解之后,警方取样检查,确实在死者的体内发现了高含量的安眠药成分残留。而且她的咽喉处残留量正常,的确是自行吞服的,确认是自杀。

在女儿的身边,发现了一段用来捆稿件的塑料捆扎绳。警方在绳子上检验出了任微的血液,以及她母亲的指纹和血迹,在母亲的双手上,同样有捆扎绳勒出的痕迹。任微的面部有肿胀迹象,身体有紫红色尸斑,眼下结膜有点状出血,尸体状况符合机械性窒息的特点。

警方先是审讯了惊魂未定、心神恍惚的父亲,那时,光靠他自己根本说不清这几天发生了什么。任微母亲在出事前曾给他打过电话、留过信息，但也只是一些平常夫妻的争吵，电话里并没有听出她会自杀。警方后来询问了任微父亲在出差地的同事，案发时，他正在陪客户吃饭，席间并没有长时间离开过，确实有充分的不在场证明。

我记得最后一次见到任微父亲，是在结案之后的两三个月，他到学校去注销任微的学籍。我曾经在家长会上见过任微父亲几次，那时候他满面春风，任微的成绩一直在一点点进步，他看着女儿的成绩单总是很满足。有时候班主任对他没有什么好脸色，他也并不生气，是个不卑不亢的父亲。案发之后我再见他，他的头发已经花白了，腰背也不像原来那么直。我们班主任接待了他，她展现出了异乎寻常的耐心，说话小心翼翼，就像努力地试图送走一尊佛。我隐约听到了班主任的声音：任微……懂事，她一直在进步……进直升班了。

原本安静的楼道突然传来一声长长的、令人窒息的悲鸣，任微父亲抱着她留在学校的东西，蹲在地上大哭，他身体瘫软，身边两个保安都搀不起来。他一直在咒骂着任微的母亲。

警方后来还走访了附近的邻居，并且询问了案发当天任微见过的人，其中就包括我。那天下午，我们一起去班主任办公室帮忙处理试卷，一直忙到下午五点。警方找我，是因为任微手机里的最后一通电话，是打给我的。

那天我把任微送到她家小区的大门口，等她进去之后我就离开了。她后来给我打的那通电话是跟我确认暑假旅行的事，我们几个人在期末考试前就约好一起去苏州玩，毕竟再开学，几个同学就要去别的班了。当时我正打着电话，迎面碰到了我们语文老师。我挂断电话之后还跟他聊了两句,就往家走了。我后来才知道,那通电话挂断不久,任微就出事了。那是我最后一次听到任微的声音。

任微一家是在那年春天刚搬到这个小区的,租的学区房,和周围邻居都不太熟,平时也没什么交集。警方走访了一个遍,邻居们都说任微家很安静,夫妻俩都是很体面的人,女儿也听话,出这种事真是所有人都始料未及的。

常一洵把小说的文档发给我之后就再也没了下文,我不知道她到底想让我看什么,这件事让我心神不宁。我的工作也迟迟安定不下来,每个月只能靠接一些兼职保证温饱。我想是因为这篇小说一直困扰着我,让我没法踏实做手头的事,我决定主动联系常一洵,搞清楚她到底卖弄什么玄虚。

我终于在一个晚上给她发信息提起了小说的事情,谁知道她发过来一连串抱歉的表情。

"哎呀,抱歉抱歉!太不好意思了,我给你发文档之后就把这件事给忘了。"

她这种看似人畜无害,却扰得别人好几天睡不好觉的傲慢劲儿,让我气得想立刻打电话过去破口大骂。

"我现在真的很忙,请你说清楚你的目的,别人的时间也是很宝贵的。"

"别生气,别生气,我真的很抱歉。我这个人有时候事情一多就总是顾头不顾尾。如果你最近有时间,我们约在派出所这边见一面吧,真诚地请你来帮我一个忙,我已经陷在一个难题里很久了,特别希望你能以一个局外人的视角帮我分析一下!"

我已经不想再让这件事拖下去了,既然她主动希望见一面,我也很想听听她到底要做什么。

一个星期天的上午,我到常一淘实习的街道派出所找她。我从没来过这种地方,在门口徘徊良久,给她打了几个电话,但一直不通。我不知道该怎么跟门口警卫室的大爷说,"是你们这里的一个实习生约我来的",不知道他会不会叫一群人出来把我撵走。

现在已经有了初夏的迹象,站在日头底下久了也是很难熬的,就在我不耐烦地想要打道回府时,常一淘终于给我回了电话。

"抱歉抱歉,马上出来,我看见你了!"

电话里的话音刚落,我就看到远处一个人影从一栋红色的小楼里跑出来。常一淘套着一件白大褂,敞着怀,大褂里穿了一件T恤衫,下面是一条素色的直筒裤子。她走起路来晃晃悠悠的,还是和第一次见面时一样,散发出一种让人恼火的漫不经心的感觉。

"陈叔!这是我朋友,我昨天登过记的。"她跟警卫室的大爷交谈了两句,然后走出来领我进去。

我被她领进了那栋红色小楼,一路上,她喋喋不休地给我赔不是,说今天从早上来了就一直在开会。经她之口,我感觉参加这个会的起码有一个连的人。然而当我走进昏暗空荡的楼道,只能听见她的说话声和脚步声在回荡,除了我们俩,没有第三个人的影子。

常一淘带着我进了一个像是图书室的房间,靠墙摆着一排书架,房间中央,面对面放着两张沙发椅,还有一个小茶几。她让我落座,自己走向饮水机,说要给我泡茶。

"这是要请我'喝茶'吗?"我知道自己的笑话很冷。

"那怎么能呢？你别误会，我跟我导师是临时调过来的，这边派出所没有专门的心理咨询室，就拿图书室凑合了。我只被允许使用这间屋子。"她把两杯热茶放在茶几上，我们坐好后，她终于开启了关于那篇小说的话题。

"那篇小说你读完了吧，之前见过吗？"

"没有，我从没读过。是在任微的电脑里发现的那篇吧？我知道有这么一篇小说，但我从来没有看过内容。"

"所以，前几天我发给你，是你第一次看到对吗？有什么想法吗？你觉得这是任微写的吗？"

我盯着常一洧的脸看了一阵，说："你想干吗，同学？"一个不认识的所谓老同学提起十年前的往事让我很莫名其妙。

"我在毕业论文开题的时候，想起了这件事，我想再多了解一下任微当年发生了什么。我是在案发之后才转来的，大家都不愿意提这件事，我只能从一些谣传里听到这个案件的细节。"

"所以你毕业论文想写这件事吗？"

常一洧露出了疑惑的神情，问道："不可以吗？"

我被那副理所当然的态度弄得说不出话。"不能！"我明显提高了声调，"你是后来中途转学过来的，没有经历过那段人心惶惶的日子吧？一个活生生的同学，被自己亲妈杀死了，你知道当时这件事情的冲击有多大吗？这是我们大家都不愿意回忆的事，每个人都努力想忘记，十年了，好不容易忘了，现在又有人提起来，你觉得这是什么感觉。"

常一洧可能被我突然的暴躁语气吓到了，态度缓和了一些说："程安，你先别激动，先喝口茶。"她讨好地又把杯子往我这边推了推。"我明白你这种心情，其实在学生时代，我在这个班里的时间很短，只有一年。你看，这一年咱俩连认识都不认识，可想而知,那会儿都忙着手头的学习,很多事情根本不会去想。"

"是不想再提起了。"我纠正她。

"我明白,在这一点上你大可放心。因为我也在初三转学前,无数次幻想大城市的中学什么样,但怎么都没想到,到那里的第一天所有人都很沉默,每个人都欲言又止。一个我从没见过的同学就像鬼魂一样还游荡在教室里,那种感觉我深有体会。"

那是我认识常一洵的这些天以来,她第一次表现得认真起来。

我一时不知道该说什么。常一洵说的那种气氛我也很熟悉,最开始,我还往原班级跑,可一个教室里坐满了人,却死寂无声。大家并没有学习,更多时候是在发呆,还有人在压抑地哭泣。任微坐在第三列的第三个,在严整的桌椅行列间,突然空了一个位子,显得异常突兀。很快我就受不了那种气氛了,之后再也没有回去过。后来同学们是怎么恢复如常的,警方是怎么结案的,我都只能听文佳和思如转述。

在我恍神的时候,常一洵向前倾了倾身体,又缓缓地问道:"你读了这篇故事真的没觉得哪里不对劲吗?"

又来了。

"实话跟你说,就算我觉得有什么不对劲,我也是学文学的,不是学玄学的,没法靠看一篇小说就告诉你真实世界发生过什么。"

"我理解,特别理解,毕竟我这个专业更是面临这样的困境,"她还开了个玩笑,"我就想听听一个局外人的想法,而且你是任微最好的朋友,你觉得这是任微写的吗?"

听她又问了一遍,我开始平静下来仔细琢磨,犹豫再三,我说:"就像小说里面提到的,任微一开始有点儿孤僻,后来和我聊得比较多,又被我拉进了班委的小圈子,我们总在一块儿玩。

任微喜欢写写东西，当作学习之余的调剂，我那时候也喜欢写这写那的，我们俩就经常凑到一起，读对方的小说。现在毕竟过去太久了，我可能也说不好，不过在我看来，这就是任微的文笔。"

常一洵将手肘放松地架在沙发椅的扶手上，若有所思地问："全都是她的文笔吗？"

"我不明白你想问什么。"

"你不觉得这篇小说读起来，前后情绪不太连贯吗？"她起身到桌子旁拿了两份小说的打印稿，递给我一份，"任微在写自己学前班和小学生活的时候有很多小幽默、小闲笔，但是在写初中生活的时候变得消极很多，那种爱开玩笑的劲儿也没了。虽然她的文风稍显冷淡，但是读起来还是很轻巧的，不是吗？学前班和小学部分写的也都是有点尴尬但很好玩儿的事，直到初中考学，幽默的描写就没了。"

"这叫什么理由？我觉得她只是在真实地还原生活。你也经历过，应该知道在初中那样的心境下，是不太可能保持乐观的。要我说的话，从文本上来分析，任微一直在人称上有设计，她通篇的叙述性文字中，都没有直呼过'爸爸''妈妈'，一直用的是'张师傅女儿''小任''小任爱人''老任爱人'这样的称呼，她想制造一种疏离感，带着一种局外人的视角来写家里的事情，这种疏离感是一以贯之的，并没有突然的割裂。不知道你对任微了解多少，其实就像小说里写的，她刚上初中时状态的确很糟糕。自己没能考进理想的中学，靠父亲走关系、花了钱，还要面对学业上的压力，那段日子一直是任微的心病，这些挫折是能改变一个人的。"

"我同意你说的，这方面你肯定比我专业。我在几个月前翻到了这起案件的卷宗，也是第一次读这篇小说的内容。之后的三个月,我反复读这篇故事,读了不下一百遍。任微的文风其实不难模仿,没有什么标志性的风格,只要是熟悉她的人,但凡对文字稍微敏感一些,就能仿写得出来。可是文如其人,任微并不是个心怀怨恨的人,但小说后半段的某些段落,让我觉得她突然有了攻击性。"

话题总在一个圈子里打转,让我非常恼火,我想赶快结束关于这篇小说的讨论:"你所说的攻击性是指什么?"

"我说不好,所以今天想听听你的意见。"

"你怎么会突然对这篇小说这么在意呢?任微其实就是拿小说当日记写,很多同学都喜欢写点什么,来发泄一下压力。这里面的很多话其实任微都亲口和我说过,表述很相似,我觉得很熟悉。任微曾经不止一次和我说过,她妈妈的精神状况不太好,已经有了很明显的抑郁先兆,但是家里人都没有足够重视,才有了后来的悲剧。这篇小说仅仅能说明这个。常一洵,研究犯罪这块儿我肯定没你在行,但我也知道没人会靠分析一篇小说来找证据。任微的性格一直就是这样的,她在初一时一直有一点阴郁内向,对谁都有种疏离感。"

我停下来,看了看她,接着说:"你们心理学是怎么认为的我不清楚,不过许多作家文风前后有差别不足为奇,你不觉得这推断太牵强了吗?"

常一洵没有马上接话,她慢慢说:"写作上的事儿,我也不好班门弄斧,你的这些看法对我来说都很重要。只不过,这篇文档的创建时间是二〇〇五年六月二十七日,最后的修改时间是二〇〇五年六月二十九日,我想就算是作家,书写风格也不应该在三天内有太大转变,对吗?"

"是的,不过我也并没有看出这篇小说的风格有很大的转变,都在可接受的范围内。而且，你也应该了解班主任的个性，她的确会让刚升入中学的孩子吓一跳的。"

"这一点我同意，咱'老班'那个性格我太熟悉了。说句不好听的，我觉得她还很势利。她一直为张素超没能去直升班愤愤不平，其实就是因为张素超家里有教育局的领导，她有事没事就借机讨好他。"

我们同学之间一言不合之时，把矛头转向班主任就一定能化干戈为玉帛，这一招屡试不爽。

我们都停下来缓冲了一下，继续在一个圈子里打转不是办法，扯了几句闲篇儿，休息片刻后，我问她："那关于这个案子，你究竟为什么想要重新调查呢？当年警察都已经结案了，总不至于真是因为一篇小说吧？"

"当年的现场，确实有我想不通的地方，"她身体又往前倾了倾，很认真地问我，"你觉得一个抑郁症患者采取扩大性自杀的极端方式，结束自己和亲人生命的可能性有多大？"

我被她问得莫名其妙，说："我不是专业人士，这个问题我还真没想过。"

"没关系，这个问题不重要。当年警方的结论是，任微当时正在写那个让人毛骨悚然的结尾，结果被母亲看到了。母亲对女儿这么写自己非常失望，在盛怒之下，激情杀人，然后又因为愧疚而畏罪自杀了。"

"当时班里听到的也是这个结论。"

"没错，可是一个母亲，真的会用勒毙这么残忍极端的方式对待自己的亲生女儿吗？假如真的是激情杀人，要是我的话，作为一个经常料理家务的人，我首先想到的是用家里的菜刀或别的什么刀具，因为能一击致命。"

"你说的这又是偶然性论断吧,也许当时任微妈妈手头就只有塑料绳呢?"

"好,你说得没错。我们把所有推论都放一边,接下来我希望你看几张现场的照片,你能看吗?"

她不由分说地站起来,从旁边的桌子上拿来两张照片。"我想请你看几张阿姨的照片,可以吗?"

看她那架势也容不得我拒绝。我犹豫了一下,点点头,尽管有心理准备,我还是在看到照片时深吸了一口凉气。第一张照片中,任微妈妈正平躺在床上,双手无力地瘫在身体两侧。另一张是她的面部特写,阿姨微张着嘴,表情不算安详,这是我第一次看到死者的照片。我观察了一会儿,随后她拍拍我的肩,把照片要回去了。她把茶杯递给我说:"你还好吗?如果需要,咱就去院子里透口气。"

"我没事,就是第一次看真实的死者照片。所以,这张照片有哪里不对吗?"

"你不觉得阿姨的脸上太干净了吗?"常一淘又坐了回去,保持刚才的姿势继续说。

任微妈妈的脸上确实没有什么污迹,只是从表情上看得出死前有过很痛苦的时刻。"这不是很正常吗?她是在家里的床上去世的呀。"

"在床边,发现了大量呕吐物,里面含有安眠药的成分,确认是阿姨吐出来的。通常服用过量安眠药自杀的话,药物进入身体十五到三十分钟就会起作用,然后人就会止不住地呕吐。从现场的状况来看,阿姨的自杀意志显然非常强烈,即使很痛苦,她也没有停止服药。"

听常一淘还原任微妈妈自杀的过程让我坐立难安,这些我都想象过，可真正从一个从业者口中听到又是另一种感受了。

"随着毒性的扩散，自杀者会开始全身抽搐、口吐白沫，总之用这种方法自杀是非常痛苦的。从床单上的痕迹来看，任微的妈妈当时已经进入了这个阶段，她的脸上应该有大量污迹才对。但从照片的状况来看，她的脸明显被清洁过。"

"所以呢？不合理的地方在哪里？"

"那天家里的父亲正在出差，根据警方的结论，进出过这个屋子的就只有母女两个人。如果任微的妈妈先勒死了女儿，再服用安眠药自杀的话，那么是谁后来帮她做的清洁呢？"

"也许是后来发现尸体的任微爸爸呀，他为了确认妻女的状况，可能先帮妻子清理了面部。"

"根据警方的审讯记录，任微爸爸一开始以为妻子是突发中风，不敢动她，他记得自己并没有碰到面部。就算他记不清了，确实帮妻子做过清理，可是现场也没有发现任何用过的纸巾之类的垃圾。如果仅仅是用手清洁的话，是到不了照片上这个效果的。"

"这也许算是一个疑点吧，可是任微爸爸后来的记忆其实也不是很清晰了，不是吗？"

"我们再来梳理一遍。假设任微妈妈先杀掉了女儿，而后自杀的话，她只可能是自己擦掉了脸上的污垢，但是一个服用安眠药自杀的人到后期会变得意识模糊，她自己是不可能有任何清洁动作的，即使后悔了，也只能无奈地等待心脏衰竭的那一刻；假设是任微爸爸回来之后，在无意识的情况下帮妻子做了清洁，那现场就应该留有用过的纸巾或其他清洁工具。即使他事后倒了一次垃圾，那也很奇怪，因为房间里的垃圾桶都还是满的，只把纸巾或是毛巾扔掉不太符合当时的行为逻辑。就算他真的那么勤快，收拾了一下清洁工具，在那种慌张惊恐的情况下，如此有条理的行为也是不太可能发生的。"

"那……那不会是任微的爸爸一直对妻子心怀不满吧？他趁任微不在家，杀害了妻子……"

"确实，但是他并没有杀害自己女儿的动机。假如真的是父亲犯案，被任微发现，那现场就应该有父女搏斗或任微挣扎过的痕迹，但房间非常整齐，并不符合这一推断。"常一洵又从桌子上拿起了一张照片，那照片上是安眠药的药瓶，"最重要的是，任微妈妈的双手经检查有被塑料捆扎绳勒过的痕迹，并且绳子上有她的指纹和血迹。她双手如果有伤口的话，血迹应该也在拿取药瓶的过程中沾在上面了才对，但是从药瓶上并没有提取到阿姨的血液，只有指纹。

"也就是说，任微的妈妈是不可能在杀害女儿之后，服用安眠药自杀的。她手上的伤痕是在她吞服大量药物，陷入昏迷之后，有人故意制造的。"

我没敢继续说，等着常一洵的一锤定音。

"综上所述，在二〇〇五年六月二十九日的案发现场，至少还有第三个人。"

我震惊得说不出话来，这颠覆了我十年的认知。我感觉浑身都在颤抖，双手发凉，脑袋发昏，常一洵依旧若有所思，我看着她感到不寒而栗。

"当年的警方就没看出来吗？"

"可能当时关于安眠药自杀的研究还没有特别明确吧，也没人往这些地方想过。我也是几个月前才看到卷宗，这些照片我之前也没有见到过。"

接下来的一两分钟里，我们俩都没有说话，各自都需要厘清思路。

常一洵好像也陷入了沉思，整个人都要陷在沙发椅里面了，见她迟迟不开口，我问道："那么你认为，是有人在案发当天进入任微家里，杀害了母女二人吗？"

她听到我说话才如梦初醒。"根据尸检报告，任微妈妈的确是吞服安眠药自杀的，这一点没有什么疑问。除非是有歹徒用任微的生命相威胁，逼迫她吞服安眠药。但我想任何歹徒都没有这么做的动机。任微一家人的社会关系非常单纯，夫妻俩也都与人为善，跟谁都没有过节。任微的母亲确实是凭自己的意志选择了自杀。"

"那么你认为，任微是在她妈妈自杀后，又被第三个人勒死的？"

"是的，现在所有的推理都指向这个结论。"

"那这个凶手是谁呢？当天任微总共就见过三个人，我、班主任和她妈妈。"

"嗯，她妈妈刚才终于被我们排除了，这么多年也算是沉冤昭雪。"

我现在没空理会她这些无聊的玩笑："那班主任肯定也有不在场证明喽，她和同事一下午都在办公室里处理考试卷子。"

"而她爸爸也不可能，因为就算他开车全速飞驰，来回也要至少三个小时，根据他同事的回忆，宴席间他离开的时间绝没有这么长。"

我看着常一洵已经有点萎靡不振的眼睛说："那就只有我了。"

常一洵没有看我，她仿佛在盯着自己的鞋尖儿，说："那天同学聚会我特别想观察一下你到底是个什么样的人。"

这太荒谬了！

"等等，同学，这一切都是你的推论吧，怎么就成了我呢？我那天也有不在场证明呀！"

"你是说小区大门的摄像头对吗？你确实在六月二十九日的下午五点四十分左右把任微送到了家，然后监控显示你们就分开了。可是这个小区当年监控布设不完善，只有大门有摄像头，可小区还有一个后门和一个侧门。任微一家刚刚搬到小区，邻居对他们家都不是很关注。那个时间大多数人家都开始做晚饭了，楼道里人很少，你在不被看到的情况下进出也是有可能的。"

"拜托，我离开之后还遇见了我们语文老师，和他交谈了一会儿呢！"

"我后来去拜访了语文老师，他确实遇见了你，不过你那时候看起来心情非常糟糕，并没有说几句话。而且后来他说你又接了一通电话，挂断之后就匆忙离开了。也就是说你和语文老师交谈的时间不会超过五分钟。这个小区是学区房，有很多就读学生的租户，遇到生面孔并不是新鲜事，看见穿着校服的孩子出入，也不会有人怀疑。"

"这也太离谱了吧！你凭什么就认为是我呢？这些都只是你的推论。"

"是的，目前都是我的推论。只有从那两张照片上发现的矛盾是可靠的，其他的都只是怀疑。但我坚信，这么多不自然的地方一定能指向一个原因。我认为疑点最多的证物就是那篇小说。"

我已经忍无可忍，站起来准备告辞："对不起，我不想再浪费时间听你那些胡编的偶然性证据了，我还有事……"

"你还记得咱们初中时都特别爱看的那个动画吗?"常一洵又开始东拉西扯。

"你说什么?"

"你应该记得的,那天同学聚会张素超还提到过,他还留着手办呢,记得吗?"

我脑子已经一片混乱,不知道她到底要扯些什么。"你到底要说什么?是叫什么'神奇勇士'吗?怎么了?"

"不对,你说得不对,是《神奇武士》。"

我觉得常一洵已经精神不正常了。

"我记错了,但这又跟这个案子有什么关系呢?"

她指了指对面的椅子说:"请你少安毋躁。反正也浪费了那么多时间,最后再听我说完剩下的一点推论,损失也不会更多了。总之,你要是觉得我一直在胡言乱语,可以向我领导,也就是我导师投诉我。"

在这个图书室临时改成的心理咨询室里,我觉得四周的书架好像都在逼近,把我围困在这里。"说说你那个'神奇武士'吧,又怎么了?"

"那个动画当时特别火,你还记得吗?你记得它是哪国的动画吗?"

"应该是国产动画吧。说实话,我没怎么看过这个动画片,当时也不太喜欢看。"我几乎从不看动画片,在我家,连打开电视的机会都很少。现在连这个动画中的人物叫什么、长什么样子都不记得了。

"对,我猜也是,你其实根本没看过这个动画。有时候人的记忆真是很奇怪的东西,虽然你没看过,但是也不妨碍你对它形成很深刻的印象。这个动画当时给你留下了什么印象?"

"印象？我记得有一个女主角，里面总是打打杀杀的。"

"没错，就是这种打打杀杀的印象才会让你觉得它名字里带'勇士''战士'这样的字眼。这个动画其实并没有明显的作画风格，看不出是哪个国家的作品，经常被误以为是部国产动画。而我们的第一反应通常不会是'武士'，因为'武士'这个词在咱们中国人听来和日本有很紧密的联系，出于语言习惯，我们在没有明确指向性的情况下，都倾向于避免使用这个词。"

常一淘又开始跟我扯语言学，我已经懒得反驳了，示意她继续。

"那时我们还只能在电视上看动画片，不像现在网络视频这么发达，能看各种原声动画。电视台在翻译外国动画的时候，为了方便中国孩子理解，经常给动画里的人物名字做本土化的处理。这个动画里的女主角原名其实叫'东方花子'，我们一直吐槽他们的翻译太土了，都成了大家的一个梗。当时的电视台把她翻译成了'方小花'。"

我感觉记忆都被她说混淆了，确实隐约有这样的印象，因此才一直以为这是一部国产动画。任微一开始经常和青子在一起讨论各种动画片，她们的确提到过这一部。

"你还记得张素超提起这个动画时用的是什么词吗？'番'，他说当时有个'番'超火，那时候我们一般称呼日本动画才会用这个词。这个动画，《神奇武士》，其实是一部日本动画。"

"那又怎样，谁都有可能说错啊，我就是一时说错了而已，这又能说明什么呢？"

"你还记得这篇小说后面提到过一次这个动画的名字吗？我问了所有跟任微熟悉的人，只有你的口误和小说后半段的写法一模一样，'神奇勇士'，这个口误可是你独有的。"

"这也只是一时的口误而已，你说的还是偶然性事件，这当不了证据。"

"平时说错当然没什么，但是你把这个错误带进了这篇小说里。"

我又拿起了茶几上的小说纸稿，翻了几页，抬起头来看向常一洵，问道："你说我把错误带进了小说，什么意思？你怀疑这篇小说其实是我写的吗？"

"不不，这是人家任微的知识产权，可不能张冠李戴。"

"你到底想说什么？"

"就像我刚才一直在问你的，这篇小说是否有前后的情绪和风格变化。我确信，大部分内容是任微写的，但后面的初中生活部分，其实有些是你创作的。你还记得小说里小学的部分提到过一件事吗？任微和小麦在聊《神奇武士》的情节，在那部分，任微写得很准确，是'武士'，而且她凭借着记忆还能写出和小麦讨论女主角名字和武器这样的情节，她还能说出这部动画里有一个主角团，这都是很细节的事情，说明她看过，并且很喜欢。"

我不自觉地跟着她的解说不停翻页，就像听了老师的讲解，在翻看多年前的马虎错题。

"但是到了初中部分，和刘青子一起谈论这个动画片时，她却说自己已经记不清到底聊了什么，还说对这个话题缺乏兴趣。这显然不是任微在说自己，因为这部动画在整个初中三年都很有名，男生女生都在聊它。怎么在小学时的记忆这么清楚，到了初中反而记不清了呢？"

"也许她和青子的回忆并不愉快，所以格外地想要忘记呢？你这么精通心理学，记忆有时候也是有选择性的吧？况且再怎说这也不是回忆录，而是小说，有可能这就是任微的特殊处理呢？你为什么总是跟这点问题过不去呢？"

"因为这篇小说在当时是很强烈的暗示，电脑页面就停留在结尾。而且电脑上只找到了任微和她母亲的指纹，太像是她妈妈看了小说的内容，恼羞成怒导致激情杀人了。"

"没有人会按照小说办事的，这只不过是巧合。"

这时候，两声清脆的敲门声打断了我，常一洵就像一直在等着似的，轻巧地从椅子上跳起来，走到门口开了一条小缝。从门缝里伸进来一份纸质报告，用标准打印纸打出来的，第一页用黑体写着标题，距离太远我看不清内容。常一洵拿着那沓报告翻了翻，似乎非常兴奋，笑着朝我走过来。她把这份报告放在了茶几上，我终于看清了封面上的标题：六·二九案物证鉴定线粒体DNA 检验报告。

我难以置信地看着这份文件，因为那上面标注的检验日期是今天。

"你这是什么意思？"

"一般大案要案的物证都会一直留存，那条用来勒死任微的塑料捆扎绳还一直作为重要物证，留存在市刑侦支队的物证科。刚刚传真过来的检验结果，不想看看吗？"

"这不可能，"我似乎只动了嘴，没有发出声音，不知道常一洵听到了没有，"不是我，我不在现场，你们不可能找到任何痕迹的。"

常一洵又坐回到椅子上，恢复了刚才那个放松的姿势。"当年的DNA 提取检验技术还做不到那么精确地分离两种混合的血液。我想你应该是在用那条塑料捆扎绳勒死任微之后，为了制造她母亲杀害了她的现场，又用那条绳子在她母亲手上勒出了伤痕。但是要制造那么真实的勒痕，你也必须用同样的力度，因此一定会在绳子上留下痕迹。再次检验之后，我们发现了你的血迹残留，很少，但有。"

我的身体抖得更厉害了，感觉眼睛里泪水在不自觉地往上涌，并不是因为悲伤或恐惧，只是一种自然生理反应。

"你不想打开确认一下吗？"常一洵又把那份报告往我这边推了推，"打开看看吧，万一是我在骗你呢。"

她又恢复了漫不经心的态度，我不敢动它，这似乎不是一份DNA报告，而是我的判决书。

"打开看看吧，我们好不容易争取来的检查机会呢！"常一洵见我迟迟不动，自己拿起了这份文件，她翻开了第一页给我展示，"看看吧……"

"你还记得咱们学校门口卖竹筒粽子的老奶奶吗？"我打断了她。

常一洵终于安静了，她放下了那份催命的报告，整个人又重新陷进了沙发椅里。我的身体则正相反，完全僵直着，坐在椅子边缘怎么也挪动不了。

"那位老奶奶总是在校门口卖竹筒粽子。"

"我记得她是在车站那里……"

"对，你是后来才转学来的嘛，当然只知道她是在车站那里，"我的语调变得古怪，"一开始她总是在校门口摆摊。夏天她就推个小笼屉来卖凉粽子，冬天她会配个小火炉，卖热的，怕粽子凉了，学生们会吃坏肚子。粽子有红豆味的，也有白糖粽子，堆得像小山一样。她人特别和善，同学们跟她说笑，她就只会咧着嘴笑。她卖的竹筒粽子特别好吃，很软糯，而且她每次都会撒好多好多白糖，特别甜。"

"那她为什么后来换地方了？"

"因为有一年冬天，她的炉子烫伤了一个学生，学校就不让她在门口卖了。"

"那个被炉子烫伤的学生就是你。"

"其实就是特别简单的一件事，我有一次大考没考好，我妈在校门口一气之下推了我一把，我没站稳，手就碰到炉子上了。我摔了个大跟头，还把老奶奶的炉子撞翻了。我连跟她说声对不起的机会都没有，因为手被烫伤了，特别疼，疼得直哭。我妈当时连扶都没扶，就跟我说了五个字，'起来，去医院'。

"到了医院，我坐在椅子上等着包扎。伤口特别疼，不敢碰，我就舔了一下，发现伤口边缘还沾着白糖呢，特别甜。"

"后来你在初二的期末大考又没考好。"

"对！"我用茶杯敲了一下茶几，"我又没考好……你知道吗？一九八四年的高考数学特别难，难到题目以前都没见过。我妈就是在那年高考的。她是家里的长女，下面有个弟弟。她爸跟她说，只有一次机会，考不上大学就算了，家里得供弟弟，供不起她。然后她就落榜了。进了工厂当工人，所以她拼命供我读书。"

"案发当天，你和任微去班主任办公室帮忙，你碰巧看到了总分的成绩单。"

"是的，我看见了，我刚好在任微后面一名。我比她低一分，就低一分。"

"所以你嫉妒她？"

"没有，我不嫉妒任微，是我自己没考好。而且她什么事都愿意跟我说，我还挺感激她的。她在初二最后时刻一直在进步，我们都很为她高兴。任微特别喜欢写小说，我们还一起参加文学社。刚考完试,我俩就约好了,一起写一篇有关初中生活的小说,把我们各自的故事写进一篇小说里,然后给杂志社投稿。

"你说得没错,前面基本上都是她写的,到了初中部分是我俩合写的。关于小学同学,我几乎没什么记忆了,但是任微什么都能记得,总是什么都拿来讲讲、拿来写写,她比我有天分。"

"那你为什么想到了杀人计划呢?"

"那天我把任微送回家。没走多远就接到了班主任的电话,她在电话那头跟我说:'直升的名额确认了,非常遗憾,你只差一名就进名单了。老师很为你感到惋惜,你一直是大家学习的表率,别灰心,以后还有机会。跨校推优的名额还有,你要不要啊?之前任微放弃了这个名额,没想到还真是明智……'

"我听着电话那头的声音只觉得恶心,她就是以挑拨我们同学之间的关系为乐。我挂断班主任的电话,就看见了我们语文老师,跟他打了声招呼,但一直心不在焉,担心回家该怎么和我妈说这件事。她该多失望啊,会不会打我?会不会干脆打死我?

"紧接着,我就接到了任微的电话,她特别惊慌,说话的声音就像碰到鬼了一样。她跟我说,她妈妈在家里吞安眠药自杀了,爸爸在出差,电话打不通,不知道该怎么办,就只能打给我。她是那么放心地向我求助,可是我却止不住地想,这是一次好机会。我的U盘里有前几天我们一起合写的小说,我刚好写了一个凶杀案结尾,而且我很擅长模仿任微的文风,可以以假乱真,混淆视听。这个小区规模很大,只要从侧门进去,就不会有太多人看到我。

"我并不怨恨任微什么,但我真的很需要这个直升的名额,我怕我妈。"

"然后你就又返回了任微的小区。"

"是的,我从侧门进去,任微告诉了我具体的门牌号。那是我这辈子经历的最可怕的事情。我看见任微的妈妈躺在床上,她正拿着纸巾给她妈妈擦脸。当时她妈妈还有呼吸,很微弱,而且完全失去了意识。任微非常绝望,她还以为只要考好了,她妈妈的精神状况就能好转。其实家里的事情,和孩子们一点关系都没有,我们总觉得家里的事都是自己害的,总想当救世主。哪有什么谁害的一说,也没有什么救世主。"

"任微最后跟你说了什么?"

"她一直大喊着'妈妈',问我该怎么办,我没有答话。"

"然后你就发现了桌子上的塑料捆扎绳。"

"那是她妈妈用来捆稿子的。我拿了一大截,很结实。就在任微到客厅要找手机叫救护车的时候,我从背后勒住了她。任微本来就没我高,力气也没我大,我用体育课上背靠背那种拉伸的方式向后背起她。任微很快就不再挣扎了。我把她留在了客厅,用同样的绳子,在任微妈妈的手上留下勒痕。可我当时用纸巾把手裹住了,我记得没有在绳子上留下任何痕迹。一切都是隔着纸巾做的,包括开电脑,从U盘里剪切小说文件,我应该是没有放过任何细节的。走的时候,我还带上了任微给她妈妈擦脸的纸巾。"

我就像汇报工作一样条分缕析地讲述着,常一洵用一种近乎痛心的表情看着我。

"是的,程安。你没有留下任何痕迹。"

"你说什么?"我觉得全身的血液都凝固了。

"这份报告上写的是,'证物鉴定未发现嫌疑人DNA信息',我刚才让你确认一下,你为什么不看呢?你对自己从来都缺乏信心,既然那么确信自己在案发现场没有留下任何痕迹,为什么没有勇气打开看一下这份报告呢？你知道吗，程安，当年的案发现场，你真的做到了在当时的技术条件下，最完美的犯罪。"

我想冲过去扼住她的脖子，可浑身一点力气都没有。我只感到眩晕，似乎从头到脚的血液都是冰冷的。

"哦，对了，还有一件事。发现小说有两个人文笔的不是我。"

"是谁？"

"是青子，刘青子。我也给她看了小说，她有时候鬼主意挺多的。她说最后的结尾才不会是任微写的，就她那个脑子，写不出最后那段话。"

*

二〇〇五年六月三十日的黄昏，那天的班级日志刚好轮到我。我在那个大本子上写下了第一句话：

今天班里无事发生……

云雾兴安岭 ————
杜力勇

小楠·雪崩

雪崩发生时，没有一片雪花是无罪的。

小楠被雪掩埋的那一刻，这句话没来由地冒了出来。

眼看着雪扑面而来，一阵天旋地转后，眼前一片漆黑，冰冷的雪紧紧包裹着她的身体。幸运的是，在最后一刻，她抱住了一棵樟子松，树枝遮挡住了她的肩膀和头部，给她留了一点空隙，所以现在还能顺畅地呼吸。

她挣扎着把两只手从雪中拽出来，好在这雪似乎没有被压得很实。摸索中她抓到了另一只手，那是一双长满粗糙老茧的手，她想应该是和她一起被雪掩埋的老高。她奋力挖开周围覆盖的雪，终于摸到了老高的脑袋，探试到了他微弱的鼻息，然而她知道老高已经昏迷了。她吐了点口水，感受着口水流向哪边，接着便朝着相反的方向使劲地挖。她需要空间，需要空气，她的双手已经被冰雪冻得僵硬，每挖一次都感到刺痛无比，而被包裹的下半身却已经开始麻木，她不得不扭动身体，试图摆脱冰雪的束缚，再加上拽着那失去知觉的老高，她的进度异常缓慢。

她的身体艰难地在雪层中蠕动。不知挖了多久，突然，她好像碰掉了什么，整个人失重般跌落下去。

"砰"的一声，小楠顾不上浑身的疼痛，只是庆幸自己再次被空气包围。

但周围仍是一片漆黑。

就在这时,眼前闪过白炽的亮光,晃得她睁不开眼睛。

"是刚才的服务员妹妹吧?"一个熟悉又陌生的声音传来。

小楠眯着眼睛,逆着光看去。举着手机照亮她的人,正是刚才酒店里的客人。她的丈夫叫她"鹏鹏妈"。

周围似乎还有三四个人,但看不清模样。她忍痛站起身,看了一下昏暗的四周,正是她寒假实习的岭上酒店。看来她刚刚被雪掩埋在了酒店餐厅的上方。她不断挖掘着想找到出路,却没想到从餐厅坍塌了一半的天花板上坠落了。

"上面还有一个人。"话音刚落,老高的身体也从不堪重负的天花板上掉落下来,这回他昏迷得更彻底了。

眼下的岭上酒店也被雪掩埋住了,黑暗而冰冷,之前的一切已荡然无存。

一

几个小时前的兴安岭还是一片沉静，即使到了二月末，也仍旧是寒冬模样，太阳好似从没有升起过，天空始终是灰蒙蒙的一片。盘山的国道上也鲜有车辆来往，坐落山顶国道驿站旁的岭上酒店更是许久未开张。

小楠是一名大四的学生，为了凑实习的学分，过完年就来到了家里亲戚开的这家酒店打工。岭上酒店虽然有个高档的名字，但实际上只是个不过二百多平方米的平房，除去后院和后厨，只有一间能容纳四五张餐桌的餐厅。酒店坐落在兴安岭的山顶上，后院有一片樟子松林，两三百米远处就是兴安岭的顶峰，现在这个季节都被积雪覆盖着。夏天旺季时，慕名来兴安岭登山旅游的游客很多，酒店的生意还算不错。但到了冬天，除了少数过路客，基本没什么人来这里用餐，所以店里除了常年聘请的厨子，也就只需要一个服务员。小楠小的时候常来这里玩耍，这次也是拜托了亲戚，才找到这难得的实习机会。

小楠其实并不是很喜欢这份实习工作，因为离家太远，每天还要搭镇上的车上下班。但为了学分，这已经是最好的选择了。岭上酒店地处偏僻，山上连信号都没有。店里的厨师老高是个四十多岁的油腻中年大叔，和小楠完全没有共同语言。小楠甚至觉得老高更愿意一个人待在后厨不出来。每天小楠在前台，老高在后厨，偶尔来那么一两个客人，两人忙上一会儿，没人的时候就各干各的，一整天见不上一回。一转眼就到了二月底，这实习的生涯也无趣地走到了尾声。

今天也是这样的一天，临近中午，窗外零星飘落几片雪花，小楠趴在前台背着单词，准备开学返校后考六级。可她的眼皮却越来越沉，她掏出手机一看，仍旧和平时一样是无信号状态。无奈之下她只得打开了店里唯一的娱乐设施——一台老式的收音机。

大概也是受到了天气影响，收音机刺刺啦啦调了半天都收不到信号，这时餐厅门口悬挂的铃铛突然丁零一声，门被打开了。

一位干瘦的女人走了进来，她穿着一件半新不旧的红色羽绒服，面容看起来有些苍老，烫过的短发为了遮盖白发而染过颜色，但发根处还是露出了本来的花白。进屋后，她就一直盯着小楠，欲言又止。小楠看她不像客人，但一时也吃不准她多大年纪，不知该怎么称呼。

这时，老高走了出来，像是知道女人要来似的，直接问道："是陈姐吧？"

女人一愣，显然她也并不认识老高，只是微微点头。

老高看着一脸诧异的小楠说："这是陈婶，老板介绍来的保洁，你以后就负责点菜上菜，打扫卫生这些就交给你陈婶吧！"

小楠略感惊讶，看来亲戚已经为她实习结束后找到了接班的，但来得着实比她想的要早，虽然有些尴尬，但还是主动打了招呼："陈婶好，我是小楠，以后麻烦您啦！"

陈婶露出了淳朴的笑容，盯着小楠看了一会儿，似乎很喜欢年轻漂亮的女孩。但她只简单回了句"好，好"，就搓了搓手跟老高去了后厨，不一会儿就传来了两人唠嗑的声音。

小楠继续调着收音机，暗想：这两人不会有什么私情吧？

费了好大劲儿，终于勉强听到了几句新闻：暴雪天气、登山失踪的大学生、奥运会备战、巴以战争……但都不是小楠爱听的，她更想听一听娱乐新闻、明星八卦，哪怕听几首流行音乐也可以。所以她继续旋转按钮，调整频道，可惜始终只有刺刺啦啦的声音。

这时，门口的铃铛又一次发出丁零的声音。

这回进来的是一家三口，夫妻二人都三四十岁的样子，都戴着眼镜，看起来文质彬彬的，他们的儿子十岁上下。一家人穿着很低调的登山服，但看牌子也很高档，每个人都紧蹙着眉头，一副不高兴的样子。看着有些丰腴的妈妈环视了餐厅一圈，很嫌弃地摇摇头，然后拽着儿子在前台左侧靠窗的桌子坐下。爸爸径直走向前台，向小楠问道："都有什么菜？"

小楠拿出菜单，男人扫了一圈，点了西红柿蛋花汤和锅包肉，然后转身问女人："鹏鹏妈，我点了鹏鹏爱吃的锅包肉，这就够了吧？"

鹏鹏妈摇了摇头，似乎说了什么，但小楠没有听清。门口又传来了铃铛的声音。一个与这家简陋的餐厅格格不入的明艳女人走了进来。

她的穿着甚是出格，一条黑色的紧身短裙，戴着黑色丝质手套，披着一件短款的皮毛大衣。即使如此寒冷的天气中，胸前依然袒露着大片肌肤。妆容甚浓，鼻子和下巴有几分人工的痕迹。但看起来俗气的打扮，却丝毫压制不住她散发出来的光芒。小楠暗想这可能就是传说中的明星气质吧？她看了一眼简陋的餐厅，面色倒也未见不悦，径直坐到了餐厅正中间的桌前。

紧跟着她进来的，是一个身材矮小的男人，他戴着棒球帽，小楠看不出他的长相，只听他低声跟女人说："莉莉，这部戏你再考虑一下,胡总是很希望你能出演的。"

看来这个女人是十八线的小明星,男人是她的助理或者经纪人吧?不过向来关注娱乐圈八卦的小楠,对她却没什么印象,大概是太糊了吧?

小楠刚走到他们面前,想把菜单递过去,却听见身后又传来了铃铛声。她回头没看见人,再转身才发现,两个行色匆匆的人早已坐在了门口左侧的餐桌前。今天这是怎么了,怎么突然来了这么多人?她不由得蹙起了眉头。

"外边的雾太重了。"

小明星莉莉好像听见了小楠的心声一般,回答她。

小楠不由得对她客气地笑笑。

"我们先看着,你招呼别人去吧。"莉莉的经纪人接过菜单,对小楠说道。

这回进来的两位身着正装,看起来和周遭格格不入。男人一脸不耐烦地呵斥着后面那个其貌不扬的女人:"Cheryl啊,我跟你说了多少遍,凡事都要有个Plan B,你看现在的大雾,我们赶不上航班该怎么办呢?"

Cheryl身穿浅色套装,扎着一丝不苟的马尾,但蜡黄的脸庞看起来很疲惫,眼下是她戴着的黑框眼镜都无法遮盖的乌青,一副通宵没睡的样子。她对着上司也只是唯唯诺诺地说:"对不起,Richard,我尽快想办法。"

上司却掩盖不住满脸的嫌弃。"你先准备一下明天的讲稿吧!"

他们正好在前两桌客人的中间,Cheryl坐下后马上拿出笔记本电脑开始工作,上司则颐指气使地招呼小楠点菜。

小楠刚想从前台再拿一份菜单,却看见陈婶从后厨走了出来。她手里抱着进门时穿的那件羽绒服,看到前面竟然来了这多人,一时呆愣住了。

待她反应过来,便草草把羽绒服叠作一团塞到了小楠左侧的吧台下面,忙不迭地跑去了后厨。

岭上餐厅许久未曾如此忙碌。小楠跑前跑后了将近一个钟头,忙得满头大汗,三桌客人才算用餐完毕。她摘下发卡,重新梳理了一下头发。此时,陈婶拿着抹布,端着盆从后厨走了出来,她悄悄问小楠:"我现在去打扫一下桌面,客人们不会有什么意见吧?"

小楠也一时无措,以前的客人多是过路,吃完就赶路,像今天这样好几桌都滞留在餐厅的情况还是第一次,她看了看那几桌客人。

鹏鹏妈一边安抚着想要玩手机游戏的孩子,一边在随身的旅行包里翻找孩子的玩具。而鹏鹏的爸爸则在对面干坐着。

莉莉拿着化妆镜正在补妆,她又重新戴上了那副丝质手套,好像随时准备出发,而她的经纪人还在絮叨那个剧本有多么重要。

Cheryl手指飞快地敲着笔记本电脑的键盘,隔一会儿还要停下来用笔在纸上写写画画,看来还在赶工,而她的上司早已耐不住烟瘾,走到门外吸烟去了。

此时莉莉说:"大婶,麻烦来擦一下桌子。"她的经纪人也识趣地站起身来,似乎很有兴致地观察着窗外的大雾。陈婶连忙过去将她桌面的残羹冷炙和碗碟收拾干净,紧接着顺势把另外两桌也一起收拾了,之后便端着垃圾走向了后厨。

小楠忙碌过后有些疲倦,一阵困意袭来,竟坐在吧台后面浅浅睡了。

几分钟后,爆炸发生了。

二

起初是一束强光从后厨方向照射过来，强大的冲击波接踵而至。小楠扶住柜台强撑着才没有倒下，不停有东西砸落在身上。等她转过身，才发现餐厅与后厨间的墙塌了一半，而后厨已成了一片废墟。

小楠跑过去，看到了遍体鳞伤的老高，却没有发现陈婶的踪影。

"老高！发生了什么？"她一边尝试扶起老高，一边问。

"她！她爆炸了！"老高满脸惊恐地说出这句，就晕了过去。

她爆炸了？陈婶吗？小楠有些疑惑，这时她抬起头，发现餐厅里的客人也都聚了过来，一脸惊慌地看着他们，不，不是看着他们，而是看向更远的方向。

后山！她心下一慌，难道说——

小楠连忙回头看去，却发现和她想的并不一样。只见后山顶上的积雪开始向下滑落。

不好，雪崩了！

"快跑！"不知道是谁先喊道。客人们惊慌失措地跑向他们的车子。小楠试图扶起老高，却使不上力气，两个人一起摔倒在地。

不巧的是，刚才的爆炸似乎对汽车锁产生了什么影响，每个人都打不开车子,只有报警的滴滴声不停传来。

"后院还有辆三轮车,骑那个走!"不知道谁先注意到了那辆老高平时采买用的三轮。小楠下意识地在老高的裤兜里一翻,还真翻出了一把钥匙。她还没来得及说什么,就被人一把抢了过去,正是小明星莉莉的经纪人,他一脸凶狠地瞪着她,紧接着冲她的脑袋狠狠踢了一脚,小楠瞬间疼痛不已,完全失去了行动能力。

老高的三轮车很小,经纪人骑上后,后车斗里只能再容下两个人。意识不清的小楠只能隐约听见众人打斗的声音,小男孩不停地大喊着"妈妈",还有那不断迫近的隆隆雪声。

小楠好不容易扶着老高站了起来,勉强能看见那辆三轮车已经开出了十几米远,而滚落下来的雪已经近在眼前。

她想起来后院中那个她小时常玩捉迷藏的地窖,她可以躲进去,可已经来不及了。而且就算躲进去,之后又该怎么办呢?

小楠回过头,看见Cheryl向正伏在地上哭泣的鹏鹏妈大喊着什么,又试图伸手拽小楠往屋里跑。可小楠脚下一滑,又摔倒在地。这时她看见有什么东西飞了过去。好像是一把铁锹,飞向了那辆远去的三轮车。

但小楠已无暇顾及,她拽着昏迷的老高,完全跑不快,只在被雪吞没前的最后一刻,抓住了院中的一棵樟子松,这才勉强活了下来。

而现在的岭上餐厅已经面目全非,东边一侧完全被雪覆盖住,只剩下前台附近的空间,因为那一堵残存的墙壁和天花板,给众人留下了狭小的生存空间。

但现在困在被雪掩埋的餐厅里,并没有比直接埋在雪层中好很多,门窗被雪掩埋,完全无法打开,餐厅依然是漆黑一片。

现在这里只剩她、鹏鹏妈、Cheryl和莉莉,还有昏迷中的老高。

小楠摸索着到了前台,在这里她找到了她的手机、收音机和手电筒。手机仍然没有信号,估计其他人也尝试过吧。她打开手电筒,给餐厅带来了一丝光亮。

"节省点电量吧,我们不知还会在这里困多久。"莉莉嘴上说着,但或许是出于人类趋光的本能,也和鹏鹏妈、Cheryl一样,凑到了前台旁。

"刚刚到底发生了什么?怎么会突然爆炸?是煤气泄漏了吗?"站在前台外侧的Cheryl率先打破了尴尬的安静。

"不是煤气。刚刚高叔说是陈婶她爆炸了。"小楠回答。

"开什么玩笑,人怎么会无缘无故地爆炸?"鹏鹏妈在Cheryl旁边找了一把椅子坐下,根本不相信小楠所说的话。

"说不定是有人要杀她。"莉莉不知什么时候也走到前台,在小楠的旁边看到了陈婶留在前台的那件羽绒服,于是过去翻找什么。

"杀人?我看只有你是想杀人吧?"鹏鹏妈突然对着莉莉喊道,"你刚扔出去那个铁锹是想干什么?!"

"杀人啊,你为什么那么甘心被扔下?"莉莉没有停下手中的动作,毫不留情地回答。

看来在刚才的一片混乱中,鹏鹏爸爸抓着儿子就跑,扔下了妻子。

"你——"鹏鹏妈气得一时语塞,深吸一口气后说道,"我是一个妈妈,只要孩子安全,我被抛下也无所谓的。"

"那不好意思了,我最后看见那辆三轮车已经翻车,被雪埋了。"莉莉一脸满不在乎的样子,彻底激怒了鹏鹏妈。

一边的Cheryl劝阻道:"都少说两句吧,一把铁锹能扔多远啊。"

"不,你知道的,能扔多远。"莉莉的声音忽然变得低沉。她并没有看向Cheryl,而是定定地看着她刚刚从陈婶羽绒服中翻出来的一沓对折的A4纸。

"什么?"Cheryl不解,"我为什么会知道铁锹能扔多远?"

"三十四米一七。"回答的却是小楠。

这个答案瞬间凝滞了空气,所有人都愣住了。

"三十四米一七,是我参加学校运动会时的标枪比赛成绩。"小楠接着说。

"你们的名字是不是陈亚楠?"莉莉从那一沓纸中拿出一张,翻过来对着所有人。

上面是陈婶的身份证复印件,赫然写着:"陈亚楠,出生日期一九八八年七月十二日。"

"不可能!"鹏鹏妈不由得站了起来。但此时Cheryl默默掏出了自己的身份证,上面也写着:"陈亚楠,出生日期一九八八年七月十二日。"

"莉莉是公司给我起的艺名,我的本名也是陈亚楠。"

"所以这是什么玩笑吗?我知道我的名字很常见,可把同名同姓,又同年同月同日出生的人凑在一起?"鹏鹏妈轻轻笑了一声。

"可那位大婶看起来有五十多岁了!"Cheryl依旧难以置信。

"所以你今年多大?"莉莉问她。

"三十六岁。"

"今年是哪一年？"

"不是二〇二四年吗？"

莉莉摇了摇头说："我才二十八岁，对于我来说，今年是二〇一六年。你们呢？"

"二〇二八年。"鹏鹏妈悄声说。

"这恐怕不是什么巧合，我们本就是同一个人，只不过来自不同的时间。"

莉莉说着又拿出来一张纸，接着说："而对于陈婶，今年已经是二〇四〇年了。"

那是一张刑满释放通知单，上面写着：

姓名：陈亚楠

性别：女

出生日期：1988 年 7 月 12 日

原户籍所在地：黑龙江大兴安岭

罪名：故意杀人

刑期起止：2008 年 3 月 30 日至 2040 年 2 月 10 日

刑期变动：2010 年减刑——

小楠看着这张纸瞪大眼睛道："可我现在才是二〇〇八年，如果陈婶一直在服刑，你们这些时间又是怎么回事？"

"平行宇宙。"莉莉长叹了一口气。

所有人都安静了下来，下意识地远离对方，低下头不再说话。

小楠脑袋里似乎有个齿轮不停地转动，按照莉莉的说法，现在这四个人，加上死去的陈婶，似乎都来自"陈亚楠"这个人基于不同的选择而衍生出的不同宇宙。而今天恰巧是闰年的二月二十九日，大概是什么力量让来自不同平行宇宙的她们进入了这么一个节点。

她也明白了，出事至今表现得最为积极的莉莉为何安静了下来。大概她也意识到了，不管鹏鹏妈看起来多么像个愚蠢的娇妻，Cheryl看起来多么呆板木讷，小楠看起来多么不谙世事，但她们共享着同样的内核。只是不同的选择，让她们走向了不同的方向。陈婶因何而死，尚不清楚，而此时在她们面前自作聪明，并不高明。

　　陈婶的爆炸，也许并不是简单的爆炸，而是时间线冲突导致的？来自不同的时间线的人必然存在着能量差，小楠看了看其余三人，仔细回想刚刚发生的所有事情，他们之间似乎都并未直接或间接地触碰过。那么陈婶呢？她有没有和谁发生了"触碰"？他们之间的时间线到底是怎么回事呢？她一边想着，一边下意识地想离其他人远一些。

　　这时莉莉还是忍不住打破了沉默，问小楠："你说你是在二〇〇八年？"

　　其余二人瞬间抬起了头，一起盯着小楠。

　　小楠被他们盯得有些发蒙，又转头看了看身边的莉莉。

　　莉莉接着问："那么那件事发生了吗？"

　　"什么事？"小楠不由得心慌起来。

　　"那件逼得她去杀人的事。"莉莉举着刑满释放通知单追问。

鹏鹏妈·循环

鹏鹏妈所在的世界每一天都是一次循环：
5:00 起床，准备早餐
6:30 早餐
7:00 送鹏鹏上学
8:00 菜市场买菜
8:30 运转洗衣机
9:00 收拾家务
9:30 运转扫地机器人
10:00 准备午餐
11:00 接鹏鹏
12:00 午餐
12:30 和鹏鹏一起阅读
13:00 鹏鹏午休
13:30 送鹏鹏上学
14:30 准备晚餐材料
15:50 接鹏鹏
17:00 钢琴班陪练
18:30 晚餐
19:00 陪鹏鹏写作业
21:00 英语阅读

21:30　洗漱

22:00　睡前故事

这样的日子，日复一日，年复一年地重复着。她第一次意识到的时候，恐惧到颤抖。但并不是恐惧时间的往复循环，其实这种一成不变的循环，让她感到分外心安。她恐惧的是她一旦做错什么，这循环就会终结。

就像今天这样。

她很害怕，犹如发条停转的舞蹈娃娃，不知道下一刻将会发生什么。是会有人再次拧紧发条，让她继续取悦他人，还是她被从此搁置，彻底失去价值？

那个不正经的小明星莉莉说，她们都是同一个人。她很疑惑，怎么可能呢？

她怎么可能像她那样袒胸露乳，以色示人？

她也不可能像那个什么 Cheryl 一样，成为工作的奴隶。

还有那个陈婵，她才不会老成那个样子，虽然每天忙碌，但她可是很懂生活的，平时也爱保养和提升自己。

倒是那个小楠，好像确实是她大学时的样子。

那时她成绩优异，是新闻与传播学院学生会的主席，整个人青春、自信又张扬，梦想着成为一名主持人。在整个学校里她的追求者甚多，现在的丈夫谢天民也是其中之一。她原本是看不上他的，直到那件事发生了。

不，什么也没发生。

三

听到莉莉又重新提起了那件事,鹏鹏妈心中一紧。下意识地说:"没有什么事吧?我也不记得发生过什么。"

看小楠也是一脸懵懂,她想,也许在她的时间线中真的幸运地什么也没有发生。

Cheryl却并不相信。"大四下学期的迎新晚会后,你们有没有和学生会的同学一起去KTV?"

小楠先回答说:"没有啊,马上就要期末考试了,我还想复习,就没去。"

鹏鹏妈一时语塞,她想小楠来自那条没去KTV的时间线,而她如果在这件事情上撒谎,很容易就会被拆穿。只好说:"我去了,可是什么也没有发生啊!"

莉莉却冷笑道:"小楠会记得很正常,那不过是她前几个月刚发生的事情。可对于你来说都过了二十年了,如果什么都没发生,为什么会记得有这么一件事?"

鹏鹏妈没想到自己露出了马脚。"当然发生了一些事,所以我会记得。但我想和你们发生的事情应该不一样。"

她此时心中已有了计较,她自然知道他们所指的是什么事,只是她并不愿承认。

那天晚上,她和学生会的同学一起去了KTV,玩了不过两个小时左右，到了十一点宿舍快关门时回到学校。学生会的副主席林成是唯一一个男生，所以由他送几位学妹回去。她大四的宿舍虽然稍微远一点，但她并没有喝太多的酒，只是轻微有些头晕，而且因为是在校园里，也就没有太在意。

可就是那几分钟的路，却让她再也想不起之后发生了什么。

醒来时，她一个人躺在破旧旅店的床上。

剩下的，她不愿再回想。

不，这些都没有发生。她只要认定，就是没有发生。

"我不知道你们身上到底发生了什么，或者那位陈婶发生了什么，让你们都这么恶意满满，我只知道那天我爱人向我表白了，所以我记得那么清楚。"

她忽然想到一个办法，将几天后发生的事情嫁接到这一天。

"你爱人？"其他三人都不约而同皱起了眉毛，看起来像是在回想鹏鹏爸的相貌，思考那人到底是谁。

那天谢天民确实也去了KTV，他并不是新闻与传播学院的，但因为和林成是室友，所以林成就叫上了他。

她明白这是林成想撮合他们。但她对谢天民实在没什么特殊的想法，只是礼貌地和他喝了杯酒，之后就一直和学妹们唱歌。谢天民大概也觉得无趣，待了一会儿就问她："有点晚了，要不要送你回宿舍？"

她的确犹豫了一下，但还是婉拒了。

后来的日子，她一直为自己的选择后悔。如果当时和他一起回去，也许……

谢天民真正的表白时间，是不久后的一天晚上。

她本想再次拒绝的，可却不知为何，突然对自己这些年来的努力、向往的人生和梦想感到了疲惫。

"或许，就这样吧！"她怀着这样的心情，答应了他。

转眼就过了二十年。她真的很幸福，很满足，真的。那天晚上发生的事，她已经完全遗忘了，没有对她的生活产生任何影响。她怀孕后便辞去了工作，留在家中一门心思照顾孩子和丈夫。

这些年来，她的确是个称职的妻子，每天为丈夫和孩子变着花样地更换食谱，哄着他们开心。谢天民的样貌确实变化了很多，从原本瘦弱的身材变得大腹便便，头顶上也不剩几根头发了。

小楠回忆道："那天晚上是学生会的聚会，新闻与传播学院本来就没几个男生，只有副主席林成。后来他叫来了舍友，文学院的谢天民。"

"你撒谎！"

Cheryl猛地大喊一声，把其余三人都吓了一跳。而她看着鹏鹏妈却再没有说出一句话。

"你们凭什么认定我说的就不是真的？"鹏鹏妈有点气恼。

"因为有些人是不会变的。"莉莉从陈婶的那些文件中，又翻找出一张打印出来的新闻，一字一句地念：

《女大学生被迷奸后杀人一案开庭审理》

2008年1月9日，K大学生谢某民在校园食堂中遭捅16刀后死亡。记者从谢某民亲属处获悉，近日接到法院传票，该案嫌犯陈某楠被控故意杀人一案，将于3月30日在K市中级人民法院开庭审理。

K市人民检察院的起诉书中披露，陈某楠在杀害谢某民前早有预谋，被捅时，谢某民曾向陈某楠"认错求饶"，但陈某楠没有收手，还曾计划杀害其他同学，幸被公安机关及时逮捕。

K市检察院认为，陈某楠因怀疑此前曾被谢某民迷奸，怀恨在心，蓄意报复致一人死亡，其情节、后果严重，犯罪事实清楚、证据充分，应该以故意杀人罪追究其刑事责任。

"陈婶杀的人就是你的丈夫谢天民。他就是迷奸你的人！"莉莉毫不留情地戳破鹏鹏妈为自己营造的肥皂泡。

"这不可能！"鹏鹏妈浑身颤抖起来。她捂着耳朵，不愿再听莉莉说的话。她忽然想到一些事情，一些她一直以来刻意去忽略的事情，还有谢天民对她那忽冷忽热的态度、莫名其妙的嘲讽和无止境的贬低。以及那句他最常说的话："这世上除了我，谁还愿意要你？"

"不可能，这不是真的！这报道里也没有说就是他，只是陈婶怀疑而已。"这太荒唐了，她突然没来由地恶心起来，极力压抑着自己不干呕出来。

"你根本没有跟他走。"Cheryl有些哽咽，"如果你跟他走，就不会被他继续欺骗这么多年。"

"因为，那天晚上，我跟着他离开了。"

Cheryl

随着人工智能发展日新月异，Cheryl知道第一个被取代的一定就是她。因为她除了机械地工作，早已没有了任何人类该有的情感。

她在著名的外企雅正集团已经工作了十年。大学毕业后，她的导师推荐她进入雅正集团工作。可她却辜负了老师的信任。那件事后，她再也没有办法相信自己，无法像之前那样想做什么就能做到。曾经在校园里处处不如她的同学却在工作中游刃有余，只用两三年的时间就纷纷走到她的前面，而Cheryl只能做他们的手下，始终没有机会升职。

她不会与人交际，既没有上司欣赏，也没有同僚支持。永远都是上级布置了什么工作，她就一板一眼地去完成，每一个步骤都谨小慎微，不停询问，才敢执行。她总是下意识地检讨自己，无论发生什么，一定是她做得不好，别人稍微一皱眉，她就生怕是自己又做错了什么。即便如此，她仍然是部门中"犯错"最多的那个，本就少得可怜的薪水还要一扣再扣。尽管她现在的上司对她分外苛刻，总是给她安排大量的工作，完成后还无休止地批评她，但她相信这都是为了督促她进步，她甚至很感激他一直没有辞退自己，她痛恨谢天民，那个晚上永远改变了她。但她同时竟还有些感激，那件事让她认清了自己的无能、怯懦。曾经的她以为自己无所不能，命运却给了她致命一击，让她真正看清楚自己一无是处。这样不是也很好？要不然，她可能要在自己无所不能的假象中过一生。

四

"你撒谎,那天晚上我跟着谢天民走了。"

Cheryl这么多年第一次听见自己中气十足的声音。她并不想做恶人,可她看不下去鹏鹏妈的自欺欺人。

人为什么不能清晰地认识自己呢?她明明跟自己一样,都是失败者,为什么要假装自己很幸福?结果只是一个天大的笑话。

她看着脸色越来越苍白的鹏鹏妈说:"你竟然蠢到跟谢天民这个人面兽心的禽兽结婚了?你竟然一点都没有发现,他就是罪魁祸首吗?"

然而那晚,她也是一样的蠢。心想那就早点儿回去吧,便答应了跟谢天民一起走。本来担心谢天民还会像往常那样对她表白心意,她甚至在心里酝酿起了说辞。可没想到,谢天民除了要求一起走回学校外,竟一路无言。直到学校门口,她忽然感到一阵眩晕,只见谢天民的脸不停在眼前扭曲变形。

之后,她就什么也不知道了。

看着鹏鹏妈用手紧紧抓住桌边,就好像那是理智的最后一根救命稻草。Cheryl忽然不想再逼迫她了。都是一样,都是无能的蠢货,何必伤害彼此呢?

"那药应该是谢天民在KTV就下好了的,无论跟不跟他走,他都准备好了。你没有跟他走,他应该也埋伏在附近,跟着你,药效一发作，他就会下手。"

人们以为不一样的选择会有不一样的未来，可决定你命运的那个人，他根本不给你机会。

"不过你没有跟他走，所以你并不能确定是他做的，也怪不了你。"说到最后，Cheryl竟忍不住替鹏鹏妈找起了理由。

Cheryl虽然内心深处依然鄙夷她，却仍像平时一样，下意识地害怕对方讨厌、憎恨自己，控制不住又开始想：是我太过分了，希望她别生气，哪怕心里生气，也不要表现出来。

"你知道是谢天民，那你又做了什么？"没想到攻击竟然来自一直咄咄逼人的莉莉。

"什么意思？我做了什么？"Cheryl突然感到被压制，血压开始升高，整个人却畏缩了起来。

"你没有报警吧？"

的确，Cheryl没有报警。醒来时，她发现了身上的异样，马上明白谢天民做了什么。她心里清楚应该马上报警，可她太害怕了。

后来，她也不知道为什么会去找谢天民，也许是想要个说法？甚至只是单纯想知道他为什么要如此对她，他不是喜欢她吗？为什么要这样伤害她？她甚至想：或许他只是一时糊涂？

她不愿相信人性本恶，所以低估了恶的限度。

谢天民嘲讽地看着她，拿出手机一张张滑动，向她展示那些不堪入目的照片。她并没有昏迷，而是丧失了自我，她不敢相信照片上的人是自己，那百般逢迎着谢天民的样子根本不是她。

"你看这副样子，警察怎么可能相信是我强奸你？又来找我干什么，还想再来一次？"

谢天民丑恶的嘴脸令她战栗，她慌不择路地逃走了。

那一天,她站在派出所的门口,许久许久,最终还是放弃了报警。她回到宿舍不停地清洗,却怎么也洗不掉心中的污迹。

从那以后,她就是这世界上最一文不值的垃圾。

"我不能报警,他手里有我的照片。"Cheryl长吁一口气说道,她想这其中必然是有人报了警的,八成便是这个莉莉。她是那么的高傲,那么的张扬,似乎相信自己无所不能。所以如果她当时也报警了,是不是就可以如此自信满满地活下去?

不,她并不是因为她的选择而变得懦弱无能。她本就如此软弱,才会选择了这条路。

"什么照片?"小楠一头雾水地问道。

"那照片,具体是什么样的?"Cheryl有些惊诧,这话竟然是鹏鹏妈问的。

"这,就是……"Cheryl一时语塞,她要怎样把这么羞耻的事情说出口?

"是和谢天民一起的吗?"鹏鹏妈却不依不饶地接着问。

"我看到过,是的。"回答的人却是莉莉,"你有没有想过,如果照片上是两个人,那么谁在拍照呢?"

Cheryl看到照片时,头脑根本无法运转,没有想到还有另一个拍照的人。

鹏鹏妈深吸一口气。下定了决心般说道:"这些年来,谢天民一直给一个账号汇款,我曾怀疑是他出轨,所以暗自调查过。结果那个账号竟然属于一个我认识的人,林成。"

听到这个名字,Cheryl整个人都僵住了。

莉莉补充说:"还记得刚刚陈婶那条新闻吗?她想杀的人,不止谢天民一个。"

"我不明白,他为何一直给林成钱,装作偶然想起问过他,他含糊其辞地说是为了接济林成。"鹏鹏妈接着说，"可我在网上搜索了林成，他现在是什么跨国公司的副总，哪里需要接济。"

"那个跨国公司，不会是叫雅正集团吧？"一直默不作声的小楠突然问。

鹏鹏妈一愣："我记不太清了，但好像确实是有个雅字。"

小楠看着面无血色的Cheryl说："你那位上司，我看见他的公文包上有雅正集团的标志，还绣着Richard L，我记得林成的英文名就是Richard。那位上司不会就是林成吧？"

其他两人顿时瞪大了眼睛，看向Cheryl。

Cheryl迎着她们的目光，艰难地点了点头。

没错，她的上司就是林成。

那个当年在学校处处不如她的林成，到了雅正之后却靠着阿谀奉承平步青云。处处踩着她、压榨她，让她背锅。她本来已经接受了，她确信是自己比不过林成，所以没什么好计较的。她本来就是个一无是处的废物，谁都可以踩一脚，多一个林成又如何呢？

然而，现在他们说，当年的事情竟然林成也参与了？

所以她也和鹏鹏妈一样，是个彻头彻尾的傻子？不，她本来就是傻子，只是现在才知道，她竟已经傻到了极致。

见她已经濒临崩溃，莉莉叹了口气，说起了别的："我当时报警了，但警察没有找到任何证据，抓不到谢天民的把柄，根本查不到他购买药的证据，在我身体里也没有检测到迷奸药。"

"甚至不止一人做证，他压根儿没有碰过我喝的酒。"莉莉意味深长地望着Cheryl。

"是林成，那时的酒都是林成负责开，而我们回宿舍时也是林成主动说他去送学妹们，让我自己回去。"鹏鹏妈补充说。

"所以,这些年,他就像耍猴玩一样看着我给他卖命干活?" Cheryl 自嘲道。

鹏鹏妈无奈地笑道:"不是还有我陪着你吗?已经有两个时间线上被骗了,建议你也好好想想,是不是也被蒙骗了。"她看着莉莉说。

"我没有被蒙骗,可也确实没比你们好多少。"莉莉苦笑道。

莉莉

莉莉拒绝出演陈导的新片，令她的老板胡总非常不快。

"陈导是什么地位你不知道吗？有几个像你这样资历的演员能演他的电影，演完你就飞升了好吗？而且这是标准的大女主戏啊！"

大女主？电影讲述了一个这样的故事：女孩在父亲的引导下想要成为女将军，拜了一位武功很厉害的男师傅，终于当上了女将军，但是被敌军抓住，被敌国的皇帝强奸了，之后又被青梅竹马的师兄救回来，两人隐退江湖生孩子。

别以为她不知道，新晋的小生为了那个强奸犯男二的角色都抢破了头。圈内早就有人预测，未来几年，这种病娇疯批男将会成为市场的主流。

她才不想演。这些影视作品，说是关注女性的视角，讲的还是男人故事。然而她知道，她没有那么多选择的权利，她也知道，自己做不了解救别人的大女主，因为她终归是个自私的人。

她心里很想嘲笑鹏鹏妈和Cheryl，但知道自己没有资格。她们或许愚蠢，或许怯懦，可她自己又算什么呢？明知道坏人是谁，却放过了他们。这世上，有多少像鹏鹏妈和Cheryl这样的人，却因为自己的自私，继续受到伤害？

五

"我那个经纪人,是个很坏的人吧?"莉莉略带歉意地看着小楠,刚刚在外边,她看见那个凶神恶煞的经纪人狠命地踢打过小楠。

"你们对他有印象吗?他叫吴立。"她接着问。

鹏鹏妈和Cheryl摇了摇头,这个名字对于他们太过陌生。

"他是法学院的学生,比你高一级。"她看向小楠,"你如果仔细回忆的话应该想得起来,大三时学校组织知识竞赛,他是当时法学院的队长。"

看着小楠不明所以的样子,她又环视了一下鹏鹏妈和Cheryl,摇摇头说:"你们一定不认识,时间太久了。毕竟,我那时也并不认识他。"

"当年警察说查不到谢天民买迷奸药的记录。我想他的社交范围并不大,很有可能就是在学校找人买的,就这样追查到了吴立。"

莉莉先是在学校论坛上假扮男生,发表一些空虚寂寞的言论:"女生只喜欢富二代,像我们老实本分的男人只能当接盘侠吗?""有些女生傲得不行,就是欠收拾。""我跟女朋友提出开房,她竟然拒绝了,装什么矜持。""有没有什么办法能让女生乖乖听话?现在的女生事儿太多了!"

就这样，没几天就有人上钩，给她发私信说有办法能让他心想事成。

莉莉把他约到图书馆门口见面，只不过她没有现身，而是远远地观察。一个其貌不扬，毫不引人注意的男生等在那里。莉莉拨打了对方留的电话，果然是他。她拍下他的照片，多方找人打听，才知道他就是法学院毕业的吴立。

原本她还要继续追查下去的，即使查不到他和谢天民有什么往来，只要能有确实的证据，她就可以向公安机关检举，不能让他去伤害更多的女生。然而——

其他三人都聚精会神地听莉莉讲，见她突然停顿下来，便追着问："那之后呢？"

"那之后，我选择了放弃。"

"什么？"大家都有些难以置信。

莉莉也一样难以接受自己当初的选择。这些年来，她一直在后悔。可是她当时，不得不放下。

她环视三人，岔开话题："关于今天的事情，我有一个想法。"她用手指在吧台的台面上画了一条直线。

"我猜想从一个时间原点出发，每分裂出一条时间线，必然会吸收原时间线的能量，因此分裂出来的时间线，能量要高于原时间线。这些时间线围绕着时间原点，本不应该重叠。今天这个时间和地点，宇宙能量异动，导致我们汇聚到了一起。如果我们不去'触碰'对方，也就相安无事。一旦来自高能量时间线的人与来自低能量时间线的人发生'触碰'，就会覆盖低能量的时间线，从而发生爆炸。

"所以陈婵的'爆炸'，很可能是因为她'触碰'了比她的时间线等级更高的人。那么在场谁是比她等级更高的人呢？"

看到其他三人疑惑的神情，莉莉依然用淡淡的语气说：

"你们几个人时间线的顺序是这样的：

"小楠——没有去聚会；

"Cheryl——去聚会，但中途和谢天民走了；

"鹏鹏妈——去聚会，但没有和谢天民走。

"也就是说你们两个的能量是高于小楠的。"

莉莉指着Cheryl和鹏鹏妈说。

"问题是陈婶属于哪边呢？她显然知道谢天民是迷奸她的人。所以她并不属于一直被蒙骗的鹏鹏妈那边。"

"Cheryl说曾经犹豫过是不是要报警。我认为这里的选择也发生了分裂，产生了能量要高于Cheryl的时间线。"

"而其中一条属于我，因为我报警了。那陈婶呢？她选择了报复杀人？是在报警之后，还是之前？问题就是这两条时间线，谁的能量更高呢？"

莉莉抬起手，向大家展示了她的黑色丝质手套。"我很庆幸今天出门时选了这套搭配，要不然我估计也爆炸了。"

"你认为她的能量级高于你，而你一开始在不知情的情况下动了她的物品？"Cheryl说完，意识到有什么地方不对劲。

鹏鹏妈愕然问道："什么意思，她的物品？"

"是的，陈婶爆炸是发生在后厨，我不认为她在那里直接'触碰'了谁。更有可能'触碰'的是某个人的贴身物品。"

莉莉浅浅笑了一下说："还记得陈婶最后是在做什么吗？"

"她在清理我们桌上的垃圾。我猜想，某样高于她时间线的物品混在了垃圾中，被她收走了，可能是很小的东西，用纸巾一包，很难注意到。而当她在后厨清洗时，用手直接'触碰'到了，因此时间线被覆盖，发生了爆炸。"

"你们找一下，是不是都少了什么贴身的物品？"

虽然餐厅被爆炸和雪崩毁坏了大半，但好在她们刚才所坐的位置都还在。

小楠打着手电，依次照着让她们翻找东西。鹏鹏妈拿起自己的妈咪包，翻了一会儿说："我儿子，有一个托马斯，嗯，玩具小火车头，不见了。这算是我的物品吗？"

Cheryl翻了翻她的电脑包说："我好像是少了一支笔，但也说不好，笔总是莫名其妙就没了。"

"我的一支口红也不见了。"莉莉接着说。

鹏鹏妈不解地问："那个新闻里说，陈婶还要杀其他人，如果是从Cheryl那里分开，我觉得她并不知道还需要报复林成。所以能量有可能会高于陈婶的，不就只剩你了吗？"

莉莉长叹一口气道："是的，只剩我了。"

听她这么说完，其他人不自觉地和她保持距离。

莉莉连忙解释道："但我并没有想要去'触碰'她。我甚至在看见她的身份证复印件前，都不知道我们是来自不同时间线上的同一个人。"

面对众人怀疑的目光，莉莉接着说："我想那位陈婶是自杀的。"

"她毕竟比我们的年纪都大，很可能在一开始就注意到了我们相貌相似，从而发现我们来自不同的时间线。但她并不知道我们都发生了什么，所以无法判断谁的能量级更高。"

"我猜想，可能是她在清理时隔着抹布将所有人的贴身物品偷偷带进了垃圾桶，之后便在后厨挨个儿尝试。"

"她为什么要这么做？"

"大概是为了覆盖她那条并不成功的时间线吧？"鹏鹏妈向

Cheryl 解释。

小楠下意识地搓了搓手问:"我们现在知道的时间节点有:'去不去聚会''跟不跟谢天民提前离开'和'事发后是否报警',那么你又是在什么节点和陈婶的时间线分裂出来的呢?"

说罢她又有些惭愧地笑笑:"这么说可能有些过分,我很同情你们的遭遇,但是到此为止,我仍不觉得有杀人的必要。尤其是莉莉,你已经选择了报警,甚至已经打算自己追查下去,为什么最后竟然放弃了呢?"

莉莉罕见地沉默了,良久才继续说:"那些照片,被发到了学校论坛上,后来被转发到了微博。我就这样成了××艳照门的女主角。"

六

莉莉本以为之前的所有磨难已经让她变得足够强大，但照片的传播才让她真正体会到什么叫作地狱。

她越是努力想忽视周边所有的讥笑和嘲讽，这些声音越是在她耳边肆无忌惮地嘶鸣。就像谢天民所说的，根本没有人相信她的说辞。人们享受那种旁观曾经高高在上的公主堕落为妓女的快感。无休止的短信骚扰，让她不得不更换电话卡。辅导员老师也找到她，委婉地劝她休学回家。可她不愿意认输，她明明是受害者，为什么反而成了有罪的那一个。

不久后她突然开始眩晕和呕吐，一开始她真的以为自己完了，难道是怀孕了吗？去医院检查的结果竟然是因为心理压力过大导致的左耳单侧耳聋。一时间她不知道是该庆幸还是痛苦。没有怀上那罪恶的种子，自然值得庆幸，可单侧耳聋，虽然并不会影响正常的生活，但会影响人对声源的判断和听力的准确性，尤其是一些对听力要求很高的职业。这意味着她永远不能再从事她喜爱的主持工作了。

她原本光辉灿烂的人生，就这样轻而易举地被彻底摧毁，她真的好不甘心。正是在那时，她产生了一个念头——报仇，她要让伤害她的人付出代价。

但此刻的莉莉深吸了一口气，笑着说："不过我选择了放弃。"

是的,她最终没有报仇,而是决定放下这一切。她只是有一种直觉,再这样下去,她的身心将无法承受,距离崩溃仅仅一步之遥。所以她必须停下来。追查也好,报仇也好,只能放下,只有这样她才能活下去。她要好好地活下去,活得比那些人好,比那些人长。

"陈婶显然不同,她执着于那个念头,所以选择了报仇。"莉莉摇了摇头,"我不知道该不该后悔我的选择,看她的样子过得并不好。但因为我当初的放下,谢天民、林成和吴立并没有得到应有的惩罚。所以,我那么轻易地放下,真的好吗?"

直到多年后,莉莉已经成了小有名气的女演员。她又一次见到了吴立。他在一家公司打工,和当年相比并没有什么变化,看上去仍然人畜无害。

她私下里请人调查了他,可是一无所获,根本查不到他当年做过什么。后来她聘他当了助理,只是为了把他安排在身边,倘若他有什么异动,她能够第一时间发现。

她意识到自己其实根本就没有放下。只是将那个伤疤,用厚厚的粉底遮盖,可随着时间流逝,它最终还是显露出来。

"我查了吴立两年,也没有查出来什么。"莉莉无奈地说。

"聘任这样的人当助理,你还真是胆子够大。"鹏鹏妈说。

"我并不止他一个助理。"莉莉说,"让他去我见不到的地方,我会更不放心,我担心他伤害别人。"

"大概是时间过去太久了,我有时候也在想,如果当时我没有放弃,追查下去,会不会有什么不一样?会不会因为我放弃追查,他们去伤害了更多的女孩?"

莉莉长叹一口气说:"所以,陈婶的时间线应该就是从这里分裂出去的吧?"

"但即使如此,你们两人的时间线应该也只是平级的呀!"

鹏鹏妈从妈咪包里掏出了孩子的画本,简单地画了起来。

"就像你说的,我们的平行宇宙都来源于一个时间原点,我把它命名为 KTV 吧。"她在正中画了一个圆点。

接着她在圆点外分别画了两条线,说:"在此分裂出两条时间线——去,或者不去。我并不认为时间线是线性的。"她用一个圆将这两条线的端点连接起来。其中一个点,她重重地标记上,指了指小楠说:"这个点就是这个妹妹。而另一个点是我,此时我们两个就是处在同一能量级上的。但我又一次面临了选择,这个选择使得我的时间线再次分裂。"

她接着在代表她的点下面画了两条分开的线:"分裂后的时间线跃迁到了更高的能量层级,这才使得我的能量级高于她。"她在之前的圆外边,又画了一个圆,连接起两个新的点。

"也就是说,一次选择并不能改变时间线的能量级。

"所以最后,无论你选择继续追究还是放下,你和陈婶都是一个时间层级上的,并没有能量差。只有当你或者她,再次面临选择,才会跃迁到更高的能量级。而且按照现在大家的说法,你和陈婶应该是能量最高的时间线,我们几个之中,她触碰到谁都不会爆炸。"

莉莉仔细看着鹏鹏妈画的图,心想她的确是从一开始就小瞧了对方,即使被欺骗做了二十年的家庭主妇,她的思维依然敏捷。

"那你觉得是怎么回事呢?"

"很简单,我们之中有人说谎了。"鹏鹏妈低沉地说道。

瞬间,本就昏暗的餐厅被阴郁的沉默吞噬了。

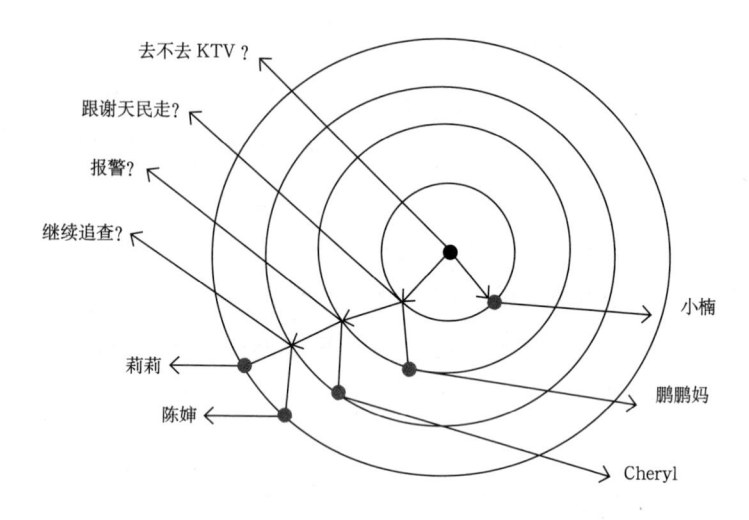

图中标注：去不去KTV？／跟谢天民走？／报警？／继续追查？／莉莉／陈婶／小楠／鹏鹏妈／Cheryl

"小楠，其实你的左耳听不见吧？"

Cheryl突然打破了沉寂。

"第一次，我和林成进门时和你说话，你背对着我们，却转错了方向。第二次是雪崩时，我喊你，你完全没有反应。这两次我都在你的左侧。你虽然很少讲话，可莉莉讲述时，你基本不回应，是因为她在你的左边，而你有时听不清她说什么吧？"

看着紧紧盯着她的三人，小楠只得无奈地笑了笑："没有那么夸张，第一次或许是因为耳聋，第二次我是被打蒙了反应不过来。而莉莉说话太快了，我需要更多时间反应。"

"也就是你确实说谎了。"Cheryl说话的语气越来越坚定了，不像一开始那么飘忽。

"所以你去了那次聚会，你的时间线甚至晚于莉莉。"鹏鹏妈擦掉之前的画，开始重新绘制时间线。

"你追究下去了，是吗？"莉莉问道。

"我追查了。我查了把照片发到网上的IP，是学校图书馆的电子阅览室。而在那一天、那个时段进入电子阅览室的人员名单中,我发现了吴立的名字。"

"吴立并不像你想得那么简单,只是单纯倒卖迷奸药。他恐怕也是这一切的幕后黑手。"

"可是,我们认识他吗?"鹏鹏妈疑惑不已地问道。

"我认识他与否,并不重要,但他认识我,并且想要毁了我。"

七

大二那年，小楠和往常一样在图书馆的自习室学习。中间离开了一会儿，回来时便发现书里夹着一张字条。

她本以为又是什么人的表白，可打开后发现里面写的竟然是一个男生如何强奸女生，内容极其露骨细致。而那女生的相貌打扮，分明就是小楠。

她看到后非常生气，找到了图书馆的管理员老师，要求调监控，看究竟是谁这么恶心。老师答应了她会查清楚，可却始终没有给她回复。

她本以为这事就这么结束了。却没有想到，当她拿着吴立的照片向电子阅览室老师询问时，这位老师说漏了嘴。

那位老师年纪大一些，看起来像是快退休了。可能以为她是吴立的追求者，偷偷打听他的信息。所以好心地提醒她："这个男生看着人模狗样的，可不是什么好人，小姑娘你要离他远一点。"

小楠追问她，她才隐晦地说："听说前两年，他在图书馆偷女生的东西，还给女生塞那种不要脸的黄色小说，都是自己写的。"

小楠震惊了。"那当初为什么不处分他？"

"不知道，可能也没有这条校规吧，最后大概就是批评教育了事。"

如果不是学校有太多变态,那么这个吴立应该就是当初给她塞纸条的人。

"所以,这一切都是因为当初在图书馆举报了他?"Cheryl感到难以置信。竟然只是因为她做了一件对的事情,就有人想毁了她的一生。

"他觉得,我的检举揭发,让他变得声名狼藉。我,败坏了他的名声。"

简直是无可理喻,小楠难以想象,竟然有人因为被戳穿了肮脏的内心,就生出如此可怕的恨意。

"莉莉,我建议你查一查,你这些年有没有什么负面新闻,八成就是他在背后搞出来的。"

莉莉笑了笑:"我早已不怕什么负面新闻了。"

"可他是怎么认识谢天民和林成的呢?"她接着问道,"我一直没有查出来。"

那是因为你没有问对人,小楠暗想。

"他们一起上的选修课。"

"不,选修课的名单我查了,他们确实选了同一门'定向越野',但并不是同一年。"莉莉说道。"吴立要比他们早一年。"

"但是'定向越野'的老师是一名户外运动爱好者,他每年都会组织选课的同学一起去登山,而且之前上过课的同学也会收到通知,即使已经毕业了,有想去的也可以去。"小楠解释说,这件事恐怕只有当事人才知道。

"他们三个就是在登山活动中认识的。"

不知是哪一个人先提起了小楠,但他们很快就在羞辱她中打成一片。

谢天民认为她不识好歹，追求了这么久，连个好脸都不给，八成是惦记着给哪个富二代当小蜜。

林成嫉妒她，学校所有的奖励都被她拿了，尤其是等到了大四的校招季，担心她会抢走所有的机会。

吴立痛恨她，因为她向图书馆的管理员老师告状，害得他颜面扫地，一直到毕业都不敢在图书馆露面。

三个人很快便开始酝酿这个阴谋。

吴立已经毕业了，接触了社会上各式各样的人物，他有机会弄到迷奸药。

林成一直在学生会任职，是最接近她的人，他负责创造机会，在她的酒里下药。

谢天民则在一旁等待时机，随时找机会把她带走。

这就是全部的真相。

听小楠讲完，所有人都沉默了。

"Oh, the treachery, the baseness of man!"她们不约而同地想到了狄更斯的这句话。

"追查到这些后，你做了什么？"莉莉问道。

"现在还没有开学，开学我会再次举报他们。"

但这并不是一句真话。

"真的吗？"Cheryl怀疑地问她，"我不相信会这么简单。"

鹏鹏妈画完了时间线，说："查出这些后，陈姈选择了直接杀死谢天民报仇。"

她点着代表小楠的最后一个点："能量级有可能会高于陈姈的，只有你了，所以在那之后一定还有一个时间节点。"

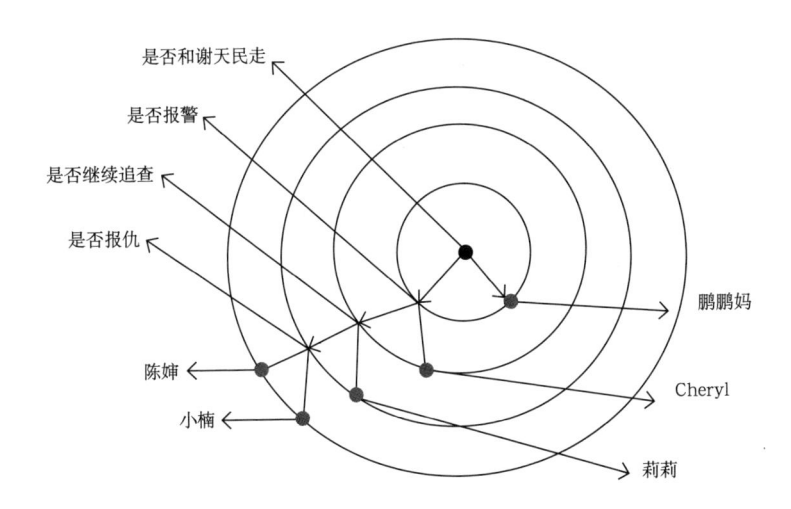

图中标注：
- 是否和谢天民走
- 是否报警
- 是否继续追查
- 是否报仇
- 陈婶
- 小楠
- 鹏鹏妈
- Cheryl
- 莉莉

这也是小楠疑惑的地方，实际上，这件事她还没有做最后的决定。怎么会产生高于陈婶的时间线呢？

"还有，陈婶什么时候拿了你的东西？"鹏鹏妈疑惑不解。

"陈婶没有拿我的东西。"小楠说，"但吴立拿了。他假装看风景，走到前台附近，拿了我放在那里的发卡，他以为神不知鬼不觉，但我看见了。"

其余三人大为震惊。

"同样，你们的东西我认为也不一定是陈婶拿的。"

"之前你们推测说陈婶选择了自杀，但这是不可能的。"

她看向鹏鹏妈，问："你一直以来信任的丈夫，是多年前害你的元凶，如果从这里出去，你会怎么办？"

鹏鹏妈想了想说："收集证据，准备离婚吧，孩子的抚养权我还要再考虑考虑。"

小楠又指向 Cheryl。"你呢，卑微地在曾经的加害者手下苟且偷生。如果回去你会怎么做？"

"我？我不知道，辞职吧，我总会找到其他工作的，我再看见他那张脸会吐的。"

小楠又看着莉莉："你就不用问了，你从来就没打算放过他们。"

莉莉笑了笑："你给我提供了思路，我查查他是不是倒卖过我的个人信息，捏造我的黑料，我去法院告他，让他赔个倾家荡产。"

小楠顿了顿说："我们每个人都走了很艰难的路，都被愚弄，被蒙骗，被伤害过。但自杀，从来不是一个选项。没有一个人想过要自杀。我相信，陈婶也一样。"

"在这家餐厅，明明有一直想毁了我们的人在，为何我们要一直自我怀疑，自我斗争呢？"

"所以，你认为是吴立做的？"Cheryl 问。

"你们想想，你们丢失的东西，真的是陈婶擦桌子时丢失的吗？"

"我记得那时我看鹏鹏妈，你就已经开始翻包找玩具，那时你找到了吗？"

"并没有……"

"莉莉的口红自然不用说，他在同一桌吃饭轻而易举就能拿到，而 Cheryl 的笔——"

Cheryl 摇了摇头，她的笔总是丢失，她也说不好是不是在那时丢的。

"他当时的确在我们周围走来走去。"莉莉说，"可他是怎么知道这些物品可以让陈婶爆炸的呢？连我们都是后来才确认彼此的身份。我不觉得吴立，或者谢天民和林成有这个智商。他拿你的发卡，很可能只是个巧合，毕竟他本就是个猥琐龌龊的人。当年他不是就在图书馆偷女生的东西吗？"

小楠也不知道怎样反驳，可她仍然坚信陈婶不会自杀。她没有理由那么做。尤其是按照鹏鹏妈的说法，她必须再经历一次选择，时间节点才能高于陈婶。她知道那节点是什么，只是还没有做，等一下，现在不就是做了吗？

难道说，陈婶帮她做了这一次的决定？

陈婶

陈婶第一眼看见小楠时，就知道发生了什么。

她当然不是无缘无故来到这岭上餐厅做服务员的。当她查到谢天民、林成和吴立是在定向越野选修课上认识的，就有了这个计划。

先装作一个户外运动爱好者，在学校的论坛上发帖，渲染冬季兴安岭的美丽，等吸引到他们注意后，便假意组织一次寒假的登山活动，将他们约到岭上餐厅。她小时候常在亲戚家的饭店里玩，知道有一个闲置的菜窖，不久前还去踩点，确定已经没有人在用了。他们不是喜欢给别人下药吗？等他们来到这里，她便在饭菜里放足安眠药，把他们迷晕关在后院的地窖里，然后她要折磨、拷打、羞辱他们，逼问出他们到底是怎样狠狈为奸，为什么要如此害她，直到最终——

然而她没有这样做。那天她在食堂吃饭，竟然偶遇了谢天民。他和同伴都用那种意味不明的眼神打量着她，然后吃吃笑了起来。她瞬间像是被什么点燃了，体内迸发出无法抑制的恨意，她跑回宿舍拿了一把水果刀，直接冲进食堂杀了谢天民。

这么多年过去，她依然能感受到当时捅刺的快感。谢天民求饶的声音似乎还在耳边萦绕，这让她忍不住颤抖起来。她有没有悔恨？

当然！她非常后悔！她太鲁莽了！她原本周密的计划被警察

发现，林成和吴立就这样逃过了惩治。

是她太冲动了，这些年在监狱中，她一直这么想，如果能按计划执行就好了。所以出狱后，她鬼使神差般又来到岭上酒店。

看见小楠的脸时，她惊讶不已。她猜想是闰年和山顶的迷雾造成了时空的扭曲，导致不同时间线的他们竟然就此相遇。酒店里的另一个人显然把她当成了别人，为了进一步接近小楠，她也将错就错地承认了。

可是小楠的计划现在到了哪一步呢？

她假意和老高说要出去透透气，走到了后院，找到了那个小时候常下去玩耍的地窖，地窖显然有被开启的痕迹。从后厨是看不到地窖的，所以她壮着胆子打开了地窖的入口，隐隐约约看到了那三个人，似乎还是昏迷的状态。她按捺住下去查看一下的冲动，因为她不能保证自己会做出什么。

看来小楠还没有做出最后的决定。犹豫得太久了吧？陈婶不由得焦急起来，这种事拖得越久越下不了手，所以她当时才会那么冲动地直接去食堂了结了谢天民。

而现在，另外两个还好说，她能够杀两次谢天民吗？这会不会有什么时间悖论？

或许应该推小楠一把，让她来动手，毕竟这是她的时间线。

她望着山上的积雪，忽然有了一个想法。

如果雪崩发生了，他们将会被掩埋在这个不为人知的地窖中活活饿死。

可要怎样引发雪崩呢？

这三个垃圾死了，会成为一个新的时间节点。

尚且不知情的小楠就会产生比她更高的能量级。

她触碰小楠的东西，就会爆炸。

爆炸就会引起雪崩。

那三个垃圾就会死于雪崩。

这是一个时间的闭环。

她愿意赌一把。

她把自己的身份证件等材料夹在羽绒服里,如果小楠能够发现,或许就会明白她的用意。她送羽绒服时,猛然发现,错乱的时间线竟然不止她这一条!但这些都不重要了,她只能帮到小楠这一条线了。其他人,或许有她们自己的办法吧。

她趁小楠不注意,偷偷用抹布包住小楠的单词书拿走了。等客人们都吃完饭,她找了一个尽量远离别人的角落,打开了那个包着单词书的抹布。

《六级词汇 词根+联想记忆法》

看到这熟悉的绿色封面,陈婵不由得眼眶湿润起来。过去了好久好久,她似乎都已经忘记了,当时为了成为一名优秀的主持人,她付出过怎样的努力。但看到这本单词书,沉睡的记忆再次涌了上来。这代表了她曾经的追求,她的梦想。可这一切都被那三个人毁掉了。

那一刻,她再次感受到了心中无法压抑的杀意,于是毫不犹豫地抓住了单词书。

果然,她如愿了。

八

小楠突然想明白了,陈婶究竟做了什么,以及她为什么要这么做。她犹豫着要不要告诉那三人。她知道她们不会谴责她,也不会谴责陈婶。如今她们已经是一体,不会再因为那些伤害过她们的人、强加给她们的身份,而进一步互相伤害了。

就在此时,她听见外边有人在喊:"还有没有人!"

她们几乎同时发出了响亮的声音:"有!"

接着,从小楠坠落的天花板的积雪裂隙间露出一道耀眼的光芒,光芒不断地扩大,变成了一个连接外界的通道,一条绳子扔了下来。

小楠连忙把昏迷的老高绑在绳子上,等到老高被拉上去,绳子再一次放了下来。

小楠看了看鹏鹏妈、Cheryl 和莉莉,她们笑着让她先爬上去。等她到了上面,阳光照在雪地上,晃得她睁不开眼睛。救援人员连忙给她戴上了眼罩。

"下面还有人吗?"

她刚想回答,却听见救援人员说:"没人了,就这一个。"

小楠笑笑,看来所有的时间线都已经归位。

坐上救援雪车后,小楠摘掉了眼罩,努力向后望去。这一场雪崩,使得兴安岭整个地形都发生了变化。岭上酒店原本的位置,已经变成了新的山顶。小楠看着那边想:那个地窖,恐怕永远都不会有人发现了。她接下来要走的路,依旧艰难,然而她已无所畏惧。

关于M的运动 ————
　　会厌

00 Mankind

在遥远的往昔之地,
母神放逐了叛逆的赤子,
从此浊与清分离,
世界得以在永恒的怀抱中沉睡。

——《菲亚拉颂歌》第一节第二段

马修从黑暗中醒来,向着大门走去。

沉重的双层金属门依次发出让人不快的噪声。门刚半开,门后便探出了一个小小的脑袋。

"你好,马修先生!"

"你好,梅琳娜。"和对方充满活力的问候声相比,马修的声音显得毫无感情。他抚摸着梅琳娜湛蓝的头发,向门外走去,问:"'母亲大人'怎么样了?"

"她在等您,我先去找墨啦。"听到"母亲大人"的名字,梅琳娜缩了缩脑袋,赶紧找了个借口溜走。

而马修转身径直向祈祷间走去。

"你好,'母亲大人'。"

"马修。""母亲大人"微微点头,"一切正常吗?"

"一直如此。有什么新的消息吗?"

"和往常一样,信号没有任何回应。但母神菲亚拉还没有抛弃我们。""母亲大人"的话语中带着复杂的情绪。

这时,祈祷间的门外传出了一阵短促的惊呼。

"马修先生,'母亲大人'!"

马修急忙冲出屋外,梅琳娜正拉着刚醒的墨丘利,急不可耐地伸出手指着天边。不同于梅琳娜尖叫的样子,墨丘利则一如往常,用一种近乎胆怯的可怜巴巴的神情望着马修说:"你、你好,马修先生,那是预言里的火球,菲亚拉大人……是准备抛弃我们了吗?"

马修顺着梅琳娜手指的方向望去,此时的天际,正有一团纯白的物体划过,撕裂青色的天空。这个世界的生命从未见过这样的景象,把这理解成菲亚拉的神迹也情有可原,但马修非常清楚这是什么东西。

流星,陨石?不是,这是……

马修立刻判断出它的降落地点就在这个村子的附近。

"梅莉、墨,请待在室内,我会解决这个问题。"

马修拍了拍梅琳娜和墨丘利的头,随即以最快的速度朝着预测的地点前进。

随着那个物体的靠近,马修感受到了扑面而来的巨大热浪。虽然应该不至于让身体受伤,但出于自保的本能,他依然放慢了脚步,并因此得以观察它的样子。这是马修没见过的形态。这也不奇怪,从他来到这里算起,按照"世界时"应该已经过了非常漫长的岁月。真的来了吗——马修分析着现在的情况,感到不存在的心脏正隆隆作响。

在降落前夕,它喷出一股巨大的气流,速度也逐渐减慢。它比马修记忆中的更为小巧,但设计精密、材质考究,肉眼评估之下并没有发现损坏。随即舱门缓慢打开,一个身穿银白色衣服的身影出现在眼前。从衣服上的字样判断,此人确实和马修来自同一个星球。

"生命体征良好,宇航服并未出现破损,但由于未知原因失去了意识。判断需要二级救援。"马修默念着刻在记忆中的语句。

这颗星球上,降临了一位人类。

01 Machine

涣散的注意力逐渐汇聚，曼尼第一眼看到的是一位有着淡青肤色、湛蓝发色的"类人生物"。它伸出柔软如章鱼触须一般的上肢，试探着触碰自己的手臂。说是章鱼触须可能有点过分，纤细修长的肢体末端如同人类一般有五个分叉，和人类手臂的形态非常相似，只是"掌心"内仿佛吸盘般的怪异触感让曼尼有些不适。曼尼抬起头注视着这个生物的脸，它蓝色的"头发"下是一双清澈的大眼睛，然后是鼻子、嘴、耳朵……只是聚焦在它的面部，这些概念便自然地浮现在脑中。它的长相和人类相似度极高，身着宽大的类似麻料的白色罩袍，看着就像是一位十四五岁的小女孩，若非肤色和发色实在不像是地球的产物，他恐怕无法意识到这是一个外星生物——或者从它的视角看，曼尼才是那个怪异的外星人。

似乎才注意到眼前的人类恢复了意识，它的眼中闪过一丝慌乱，口中吐出一个怪异的音节，紧接着另一个更熟悉的身影出现了。曼尼感到些许错愕，相对于刚才那个生物，眼前的这位更有一种熟悉的陌生感：它的全身被宽大的地球制式宇航服覆盖，与曼尼印象中的相比显得过时。领子上本该是人脸的位置却是一个银灰色的金属长方体，表面可见凹凸不平的裂痕，裂痕后的电子元件隐约可见，让曼尼想起了出发前整理老家仓库时发现的古早电子宠物——它发出声音，那冰冷的语调分明是地球的语言，曼尼涣散的目光聚焦在了这个长方体正中间的硕大"摄像头"上。

"您好，曼尼少尉。为了更好地实施救助，我脱去了您的宇航服，并查看了您的个人信息。我的代号叫作马修，正式名为辅助用类人型人工智能机械体Ⅱ型，于世界时21××年×月×日启程，参加第三十二次星际科考任务，目前正在任务中。"

曼尼抬起手示意眼前的这位马修停止汇报，随即感觉头痛欲裂。如此大的信息量涌入脑袋，恐怕没有人能够保持平常心慢慢消化吧。曼尼本是地球第八十三次星际科考任务的宇航员，目的是寻找适合星际移民的地外宜居行星，准备借助新发现的三〇八号虫洞前往四十二光年外的P星系。但引力效应的计算失误导致曼尼的飞船被迫修改线路，来到了预定外的M星系。而由于能源大量损失，曼尼也被迫进入休眠状态，启程前往电脑预测的当前星系中最可能存在生命的M4号行星并等待地球救援。曼尼只依稀记得它与地球最为相似，是拥有一颗卫星的岩质行星……总而言之，这位人类被迫漂流到宇宙中的孤岛，只是他没想到这个星球上竟然真的存在生命，眼前的这个机器人甚至还说出了两个世纪前的任务信息。

曼尼模糊的记忆被唤醒了。这种复古风格的机器人正是两个世纪前的地球产物。那时地球的人工智能刚出现重大的技术突破，就有企业结合顶尖的工程材料技术创造出了一批相对拟人并拥有智能的机械体。虽然这批型号只生产了十年就因为效率原因停产了，但仍有残留型号投入了星际探索事业，并流落至此。

"好吧，好吧……"曼尼按压着太阳穴，观察着眼前这个材料老化的老家伙，暗自痛恨着在历史课上开小差的自己。"马修，汇报一下你的任务进度。与你同行的科考宇航员呢？"

"……已去世,我将其埋葬于这个星球上。"

"当然,当然,毕竟都过了这么多年了。你们没有发送求救信号吗?"

"我们用于联系虫洞基站的通信设备在着陆过程中损坏了,而着陆前发出的紧急信息并未得到回复。我建议您也检查一下登陆飞船上的设备,在星球上考察的期间,我注意到这片星系的引力指数波动较为剧烈,可能会给求救信号的传递带来一些困难。"

"不会吧。"曼尼不由得发出一声呻吟。他依稀记得,在早年科考任务中,由于星际跃迁技术不完善,时常会有科考队失联的事情发生。恐怕马修所说的第三十二次任务也是被官方忽略了的失败任务之一。

"还有太多的东西需要消化……比如说,能给我介绍一下这位外星,不,这位小姐吗——如果这是一位女性的话?"曼尼把目光转向马修身后,那位不安分的"小女孩"正探出头。她静静地看着马修和到访的外星人使用神奇的语言进行交谈,眼神中与其说是困惑,不如说是纯粹的好奇。

"容我介绍一下,M4号行星上目前保留有一个智慧生命群体,您可以称其为M星人,除了由于环境差异导致的微小差别外,您可以认为他们和人类有着相似的生理特征,并有着安定保守的文化传统……这位孩子与我的关系较好,她的M语名字叫作'梅琳娜'。在您昏迷期间,一直是她和我负责照顾您。"

曼尼不了解M星的语言,只能向这位梅琳娜投以一个极尽善意的微笑。但与此同时,一丝阴霾仍笼罩在他心上——

"马修,我昏迷了多长时间?一天,两天?"

听到这个问题,马修双肩上的铁疙瘩像是露出了尴尬的神情。

"很遗憾,我无法给出准确的回答。自从21××年×月×

日后我的计时系统发生了损坏,请您使用自己的设备或其他渠道——"

"我不需要非常准确的世界时,在这个鬼地方有没有什么可以用来参考的时间?"

"很抱歉,我无法提供目前的实时日期和时间信息,请您使用自己的设备或其他渠道获取。"

曼尼检索着自己的记忆,他的船舱内应该有计时系统,可现在不在身边。无法获得准确的时间让他感到一阵焦虑,似乎马修口中的"无法提供时间"意味着更加宏大的问题。

"那按照这个星球的计时标准呢,我在M4号行星上已经待了几天了?"

马修的金属脑袋上发出了一声清脆的"滴"声。

"我无法给出答案。在这个世界上不存在'天'的概念,母神菲亚拉大人已经放逐了这个概念。"

"母神?你们机器人还信教吗?"

"根据科考队的设定,在遭遇外星智慧生命时适应当地生活并融入其群体以获得信息,是我行动的优先事项。"马修的回答显得合理又古怪,他顿了一下又开口道,"我明白了,我会带您到外面,让您实际体验一下。请放心呼吸,这颗星球的大气组成也与地球类似,不会影响您的身体状况。"

曼尼在马修的搀扶下挪动着疲软的双腿站了起来,此刻他才感受到左腿传来的剧痛,那正是登陆过程中造成的,所幸被人简单处理包扎过。梅琳娜也默默地站到曼尼的另一边,效仿马修的样子搀扶着他。

曼尼跨出了大门,眼前所见是一片青黑色的天空。

——也没什么奇怪的。虽然周围非常空旷,但和孤独的宇宙相比已经很幸福了。他刚才所在的房子是形如大型蒙古包的金属建筑，在夜色的映衬下呈现出毫无美感的暗红色。脚下是灰白色的沙土，沙土随着平坦的地势一直延伸到天际，唯有天际露出一线泛红的日光，不仔细辨认甚至无法注意到。

这里不像地球的城市，没有高楼阻挡，地平线下太阳的光线经过大气层的折射覆盖了整片天空，产生了均匀的光亮，一轮半圆形的白色月亮悬挂在半空中，仰角大约六十度。除此之外天幕下再没别的，只有纯粹的黑暗。

"你不会只是带我来看日出的吧？"曼尼尝试向马修打趣道。

"没有日出。"

"什么？"

"没有日出，也没有日落。在这个星球上，母神菲亚拉放逐了带来火焰的赤子，让世界沉睡在祂的怀抱里——这是 M4 号行星自古流传的神话。在 M 星人的文化里，并没有日、月、年的概念，时间并不是 M 星根深蒂固的幻觉。"

马修像神一般庄严地宣布着这个世界的规则。

此刻，梅琳娜望着月亮的方向闭上眼，虔诚地握住了双手。

间章 M4 号行星调查报告 1

登陆这颗行星已经超过八十小时了。再三检查后，我们确定虫洞扰流让我们失去了除维生设备以外的几乎所有装备，更麻烦的是，我们对这颗意外拜访的星系一无所知。出舱时的灼伤还没有恢复的迹象，绷带下太阳穴痛痒难耐，所幸视线没有被完全挡住，我还可以亲眼见证与外星生命的第一次接触。我决定继续履行义务，对这颗行星展开记录……

根据我的认知，M4 号行星应该是一颗有着单卫星环绕的类地行星，但在这里太阳并不会升起，唯有被 M 星人称为"母神之眼"的半圆形月亮垂在东边的半空中，时间仿佛暂停了一般——我不禁怀疑是否来到了异世界。我暂留的村落永远处于类似地球极夜的环境中。被当地人称为"清"的海洋环绕着这片陆地，若将整片陆地以地球的概念类比，就像是东西向的狭长海岛，而 M 星人就住在陆地上类似蒙古包的独栋建筑内……

他们很自然地接纳了我们，甚至有些过分优待。M 星人的文明水平仿佛还停留在上古时期，所有人都信仰着一个崇拜母神菲亚拉的宗教。我对宗教了解甚少，当地人奇怪的习俗总是让我战战兢兢……

他们没有时间的概念，每个人的生活被粗略地划分为清醒和沉睡两个阶段，合称为一个周期，但周期与周期之间并没有时间上的联系，上一个周期和下一个周期对 M 星人而言别无二致，这对于地球人来说着实怪异。马修在与飞船上的主机断连后没法提供准确的时间，幸好我身上还携带着母亲留给我的老式手表。根据手表的时间，每个阶段差不多都是七小时，到了沉睡阶段，M星人好像是接收到某种信号一样集体回房间进行休眠。这种休眠信号并非生理意义上强制陷入沉睡，而是类似于人类的"困意"。同时，我注意到这种规律的作息甚至被写入了他们的教义。我想找到他们休眠的原因，但在登陆之初的几个周期我的状态很差……接下来我会整理好从各种设备采取的信息，并衷心期待着地球救援的来临。

　　此时，我已经逐渐习惯了M星人的周期，虽然爱因斯坦也说过时间只是人类根深蒂固的幻觉，但是……我对失去这样的幻觉感到担忧。母亲的表还能工作，但我感觉到它的秒针转得越来越慢。这是错觉吗，还是它真的开始有故障了？无论如何，我正失去时间。

02 Mother

在前往马修口中"母亲大人"所在的祈祷间途中,曼尼努力咬着干燥的嘴唇,用来抵抗席卷而来的无力和倦怠。这里似乎是当地人的城镇……不,或许说村落更为合适。在异常空旷的室外,除了身边的两位再无其他人的身影,甚至连动物的痕迹也没有发现。但这里并非一片死寂,仿佛从极远处传来了规律的隆隆声,低沉而延绵不绝,很像是曼尼过去第一次试飞坠机时逃生舱的异响,这加重了曼尼喉咙深处的恶心感。

想点好事吧。曼尼在心里给自己打气。就他观察的信息来看,这颗行星上的文明并不发达,应该也就是地球四五个世纪前的水平,那个所谓"母亲大人"想必是这个村子的首领。虽然还不知道村子的规模如何,但一路都没有看到其他人,人口密度非常低,生活水平也可以想见相对低下。那么自己应该能掌握交涉的主导权:物资和医疗器械应该没有太多损耗,当作外交礼物赠送一些也可以接受,唯一需要担心的是外星潜在的病原体,以及马修和它奇怪的宗教……

然而,刚被领进祈祷间,尚未窥见帘子后面"母亲大人"真容的时候,他已听见了后者不甚友善的话语。虽然不清楚其内涵,但从身边梅琳娜的古怪表情中可以猜测,这绝对不是什么客套话——

原来，那句话的意思是"死刑"。

曼尼很自然地意识到了事情正向不利的方向发展。他努力观察"母亲大人"的样子：眼前一条宽大的帘子把祈祷间分隔成了两个部分，帘子后的"母亲大人"身形高挑，似乎戴着夸张华丽的帽子，可惜隔着帘子看不分明。帘子上用粗放的线条勾勒出一幅有宗教意味的图像，一个被扭曲线条遮住的人形用一只手环抱着同样填满花纹的球体，另一只手指着一团火焰做阻挡状——曼尼回想起刚才马修提到的菲亚拉的故事，看来它类似于这个文明的宗教画作，只是总有一种违和感。为什么呢？曼尼正思忖着，一股巨大的力猛抓住他的衣领，马修与"母亲"的争论已然结束，曼尼跟跄了几步，眼看着马修抓着自己朝祈祷间外走去，而一旁的梅琳娜的视线在"母亲"和曼尼之间游移，几次想张口说些什么。

"喂！马修，快停下，你这是——小妹妹……不，这位小姐！虽然你可能听不懂我的话，但能不能帮我求求情啊，这是要带我去哪儿啊？"被控制住的曼尼朝着梅琳娜的方向张牙舞爪，后者却躲开了他的视线。

"抱歉，曼尼少尉。'母亲大人'的指示是绝对要服从的。请您放弃不必要的抵抗，我会妥善处置您的。"

"处置……喂，你这个残次机器人，不要，啊——"

……

等到曼尼冷静下来的时候，他和马修已再次回到了当初醒来的那个房间。曼尼扶着额头，不忍回想刚才的荒唐经历。

"你是说死刑？什么话都没说，仅仅是因为待在这里就玷污了神明？未开化的原始人啊……"

"再次向您表示抱歉。根据科考队队长的设定，遵从'母亲大人'的指示是我行动的优先事项。"

"即使这个指示威胁到了科考队员的生命？现在我的生命受到威胁，请把我的生命安全作为优先保护目标。"

马修沉默了一会儿，似乎在处理情报的优先级。"不好意思，无法完成。经过身份识别，您并非科考队队员，我的数据库中并未找到您的识别编号。"

"残次机器人……"曼尼感觉自己的头更加疼了，"难道机器人三大定律是摆设吗？我总算知道为什么你们这帮家伙停产了。那你现在准备怎么处置我？"

"'母亲大人'并未决定指示的落实时间，原则上请您待在这个房间中不要走动。虽然这里的房间无法从外部锁上，难以起到关押作用，但根据您的伤势和状态评估，还是先静养比较好。我将尽力满足您除了出去外的其他请求。"

被吃得死死的曼尼深吸一口气，逐渐冷静了下来。事情到了这个地步，只能从长计议了。所幸还有很多事情值得确认。

"我的登陆舱在哪里？"

"以太阳的方向为东，您登陆舱的着陆点在此地东北方向八公里外的荒地上。"

"宇航服呢？"

"已经收好放在您房间的储物柜里了。"

曼尼闻言从角落的空柜子中拎起沾上不少沙土的宇航服，先取下了头盔戴在头上，紧接着长出了一口气。头盔内侧的微型显示屏依然正常工作着，简单操作后，眼前出现了一个信标光点，那是登陆舱发出的信号，方位确实和马修说得相符。摘下头盔，曼尼稍微收敛了怀疑的目光。

"这个村子有多少人，有没有配备安保措施？"

听到这个问题的时候,马修显示出了拟人化的局促不安。"目前有三人居住,并无足够人手配置安保人员。但房间均配置自锁装置,根据默认设置,除了进食间都只有房间主人才可以开门。"

"三人?"

"对不起,我可能没有解释清楚。在目前已知范围内,这个村子是 M4 号行星文明最后的聚集地。在村内居住的三位居民就是行星上除了您之外最后的智慧生命原住民了。"

意料之外的情报让曼尼错愕。曼尼身上作为普通人的部分为这个对逃生有利的情报感到兴奋,但作为研究者的部分又为这个陌生文明的处境感到惋惜。

"已、已知范围内?这是什么意思,你怎么确定的?"

"根据第三十二次科考队登陆 M4 号行星后的研究报告,该行星智慧生命的特殊成年个体可能具有远距离感应电磁、重力信号变化的能力,因此能够在一定程度上感知该星球上其他同类特殊生命的存在——"

"特殊个体……你是说,'母亲大人'?"

"是的。引用'母亲大人'的原话,在该文明的'联络场'中并未收到信号回馈。而该文明的发展方式是由一位特殊成年个体生育、培养复数个幼年个体建立群落,直至幼年个体成熟,获得同等能力,并离群建立属于自己的'群落'。'母亲大人'在本群落中拥有最高的权力,承担诸如生产、教育、宗教、与外界联系等职责;如果未在联络场中接收到相应信号,可以认为已无其他群落存在。而'母亲大人'至今仍在寻找着同族的生命。"

听着马修毫无感情的解说,曼尼抱胸思考着这个文明和它所谓的觉醒能力:"我明白了,这听起来类似于我们地球人的发育成熟阶段，成熟的个体会离开家族继续繁衍。那么有没有可能在某处还存在生命，只是尚未成熟？一般这个文明的幼年个体需要多久才会……啊。"

他再一次意识到，这个星球的文明并没有固定的时间概念，自然也不会有年龄、成熟期之类的说法。那么这岂不是意味着，马修口中的"母亲大人"将不清楚何时是寻找同族人的终点，只会一直搜寻下去？

曼尼有点恍惚，他突然想起了临行前与母亲的告别，那并不是愉快的场景，他也没有向母亲许诺自己回来的日期。直到现在，他的家人或许仍盼望着回归的日子，而实际上自己却被困在一个遥远的外星球上。曼尼不知不觉地与这位"母亲大人"共情了。可是，又是这位"母亲大人"宣判了自己的死刑。

"有没有办法让'母亲大人'改变心意？"

马修再次因这个问题沉默了。"我没有理解您的意思，请问您是说如何阻止'母亲大人'继续搜寻生命，还是取消对您的判决？请换个说法再提问一次。"

"呃，取消对我的判决。"

"您可以尝试与'母亲大人'沟通，说明自己并无恶意，并尊重本地的宗教习俗……"

"停停停！"曼尼摆摆手，"这说了和没说一样。我该如何理解这里的语言，以及如何才能再见到'母亲大人'？"

"针对第一个问题，处理并转译语言正是我的分内工作。请您检查随身语言翻译模块是否正常工作，我可以为您传输本地转译程序，在我头部的指示灯变蓝以后启动接收指令。"

"原来可以啊！为什么不早——算了，和一个老古董没必要置气。无线传输技术还真是令人怀念，我的宇航服里应该……有了。"

"开始传输。请注意,由于程序限制和文明间的差异,翻译生成的结果不能保证完整显示原意,请操作者根据实际情况自行判断……传输成功。"

曼尼粗略查看着翻译程序的功能,这是一个双向翻译的程序,曼尼的头盔里配备了扬声器,看来也可以用合成音与这里的土著交流了。

"第二个问题……不可解。'母亲大人'不会离开祈祷间探视囚犯,而根据命令您无法离开该房间,所以无法相见。请您尝试与'母亲大人'沟通,使其撤销对您的判决,之后便可以见到'母亲大人'了。"

眼看自己陷入了一个无解的困境闭环,曼尼摆了摆手说:"算了,那我该如何联系你?"

"我会在清醒期到来时前来看望您,并提供食物,届时您可以联系我。"

"具体什么时候?这边人什么时候吃饭……不,该死的时间。他们难道是按心情决定的,你不会要饿死我吧?"

"不。M星人会在清醒期开始后进行集体进食并补充消耗的能量。参考我所属的科考队成员的生活经历,M星人的进食规律并不会导致人类死亡,这里也并没有谋杀的违法犯罪行为。"

"喂,你的'母亲大人'刚刚可是给我判了死刑啊。"

"关于这点,请您尝试与'母亲大人'沟通,使其撤销对您的……"

"好了,好了,换个话题。"曼尼被马修机械式的回复搞得心力交瘁,"你对待这些M星人也是这样的,不会是这个菲亚拉的宗教把你搞傻了吧?"

"M星人的宗教观念也是对世界规律的一种解说，如果是为了融入该群体，我很乐意接受。"

"那假如有人要问你地球是不是圆的，上帝存不存在？"

"我的本质依然是被人类设计出来的辅助机器人，我的初始命令告诉我可以修饰回答，但不能欺瞒。"

曼尼这时有了一些恶作剧的念头，但突然间传来急促的敲门声。

马修迅速站起说："是梅莉。"

他熟练地按下门旁的操作板，房间外侧的外层门缓缓开启。之前曼尼见过的那位蓝色的女孩跌跌撞撞地跑进来，接着外层门关闭，内层门开启，梅琳娜的脑袋探了进来。

"哇，大脑袋。"曼尼看到宇航服里的显示屏上冒出了这句话。看来这是翻译了梅琳娜的话语，她正好奇地打量着眼前这个戴上奇怪的金属帽子的男人。

"马修先生，沉睡期要开始了。"

但此时曼尼的注意力被房门的装置吸引了。他此时才意识到自己待着的这间房屋有些眼熟：虽然被放上了很多陌生的M星家具，但构造很像地球给科考队配备的殖民舱。再加上刚才那个明显是气闸室的结构，配置换气排水保温功能，是在外界环境与内部差异过大的情况下作为缓冲区让科考队员进入时用的，这样的设施显然与本地的文明水平并不相称。难道这间房子是过去登陆的科考队员搭建的？

"死刑叔叔，死刑叔叔。"梅琳娜用怪异的发音喊着曼尼，这让曼尼嘴角抽动了一下，"沉睡期要到了，请你好好待在屋子里千万不要出去。"

马修显然不准备再待在这里回答曼尼如杂草般割不完的疑

惑，此刻已经走到了门旁："是的，这是这里的规则。如果违背了的话，恐怕难以保证您的生命安全。况且您的腿尚未治愈，请先休息吧。"

"有这么恐怖吗？"曼尼心虚地干笑着。他已经注意到，所谓沉睡期正是他逃跑到登陆舱的最佳机会。马修的说法是故弄玄虚，还是确有其事？危险指的是被发现后的惩罚，还是某种字面意义上的危险？

"别告诉我这边会有什么怪物在外面吃人吧，哈哈。"

"有的。"回答的是梅琳娜。

"沉睡期都会出现特别恐怖的怪物。"

间章 科考队个人记录4

在这里住了多久,我已经记不清,也放弃记录周期了。养伤期间我和M星人相处还算愉快,再过几个周期应该就能让马修帮我拆绷带了。这里的生命形态和文化习俗都和我们有着不小的差距,详细种种我已在前面的报告里记录了。虽说当时的记录有发牢骚的成分,但实际体验下来,我竟几乎适应了这样的生活。老师曾和我们说,接触到其他文明时最好学着融入他们的文明。我就是这样做的,可好奇心总是让我对探索跃跃欲试;而马修正好相反,单纯的学习、处理数据和解答问题让他比我融入得更加顺利,甚至比我更受到M星人的尊敬。

……在上个周期,我还见证了一个M星人的成熟:她在早餐——我这么称呼本地人每个周期的进食活动——途中突然抽搐并失去了意识,随即如同换了一个人格一般醒来,开始跑出门做着奇异的朝拜动作,还向我们持续输出菲亚拉的教义,真如同地球上某些疯狂的信徒。体感上大约过了一个小时才恢复正常。就我的推测,那恐怕是由于成熟的个体第一次并入了M星人的"联络场",瞬间接触到所有信徒的意志而出现的人格紊乱现象——总之,事后她说感受到了很多不一样的东西,而这个村子里领头的M星人称其为新的"母亲",还邀请我们协助建设新的群落。

飞船的物资尚且充裕,有需求就肯定会产生更多的交易行为，这对我们了解当地文明是有利的。经过马修的评估，我决定尽我所能参与村落建筑的建设。我注意到他们的文明虽然落后，可采用本地建筑工艺制作的"金属蒙古包"坚固程度却超出了想象，稳定性和密闭性并存，扎实耐用。只是这似乎要用到他们"母亲大人"制作的一种胶质液体，非常费工期。因此，我准备搭建殖民舱给他们居住，反正其他队员都牺牲了，我也用不到这些材料……最终，在新"母亲大人"选好的地址，我和马修给这个村落建了四个殖民舱，另外保留了两个前期建成的蒙古包，一共六座建筑，围成圆形（我画了张图，深色的表示殖民舱）[①]。这里地表的土更接近地球的沙土，质地疏松、较为贫瘠，要建立起牢靠的房子可是费了一番工夫。不过现在，这终于是一个成熟的村子了。新的"母亲大人"还选择了一间殖民舱作为祈祷间，她会在里面祈祷散落在星球各地的其他 M 星人的安全……而我和马修选择了一间可以透过窗户看到 M 星月亮的房间，这即将成为我们新的家。虽做不到千里共婵娟，但留个念想还是够的。

  我最近才注意到马修吸纳了过多宗教的知识，像是数据库被污染一样，俨然变成了一个崭新的信徒。在这样的世界里，宗教确实充满诱惑力。但我总觉得 M 星人的文化流露出十足的怪异感，他们的教义中，对清醒和沉睡期的严格限制仿佛是故意阻止 M 星人对外探索一般。等新村落基建收尾的事情告一段落，我会再次尝试探明的。

---

① 示意图请参见 P150。

03 Murder

曼尼本来的计划是趁着沉睡期逃到登陆舱，并借助舱内物资和地上驾驶功能逃之夭夭。但由于腿伤尚未恢复，加上好奇心作祟，他决定先在这里待上一段时间，争取交流的机会。

他很在意那个"怪物"究竟是什么，梅琳娜临走时他试图询问，对方却表示也没见过，还反过来用哄小孩的歌谣安慰曼尼，说什么如果遇见怪物了速速躲回房之类的，惹得曼尼浑身不自在。结束了这个话题后，曼尼又想着独自会会这个所谓的怪物，但困意却如真正的怪物率先袭击了曼尼，他很快昏睡了过去——直到清晰的饥饿感撞击着胃部，把曼尼的意识从混沌中再次唤醒，而门外那无法忽视的敲门声又如应和饥饿感一般突然响起。

"请进……不对。"他揉着脑袋从床上坐起，径直开启了大门，梅琳娜带着哭腔的声音让曼尼一瞬间清醒了。"等等，先等等！"

曼尼慌张地戴好头盔，启动翻译程序，绿色的文字鲜明地烙印在她的视网膜上。

"死刑叔叔，死刑叔叔，马修先生没、没了！"

曼尼几乎是被梅琳娜拉着来到了另一间相同样式的屋子，若不是门口种植着一种貌似仙人掌的植物，还真让人分不清。而那门口站着另一个曼尼没有见过的 M 星人，长得比梅琳娜还要瘦小，他听到脚步声便退避着刚到的曼尼二人，躲到了角落里。原来不是所有 M 星人都和梅琳娜一样活跃——曼尼随意地想到，然后便见到了马修的残骸。

"不会吧……"

马修如同断线的木偶瘫软在地上，毫无疑问被神明宣判了死刑。它钢铁的头部被扯下，变成了一个单纯的物件，与整个毫无生机的房间融为一体。曼尼不自觉地回想起了马修说过的话——这里也并没有谋杀的违法犯罪行为——这句话成了当前场景最滑稽的注脚。

梅琳娜转身拉起墙角那个孩子的手，低声安慰着，而曼尼蹲下查看马修的"尸体"。马修的身体除了头部以外，四肢都很完整，金属材料的双手有着明显的磨损痕迹，想来在 M4 号行星的日子里他用双手做了许多的体力活，但除此以外，它和上个周期曼尼见到的形象别无二致。可以看出他的头部与身体连接处的材料与线路被生硬地扯断，头部标志性的摄像头布满了灰白的裂痕，视线呆呆地看着曼尼所在的方向，仿佛死不瞑目。头部受过重击，而凶器应该就是旁边同样有击打痕迹的桌沿——有人扯下了他的头，并狠狠撞在了桌子上。由于马修的结构并没有想象中那么坚固，因此任何人都可能做到这一点；此外，同样也不能排除"自杀"的可能。机器人是否会自杀暂不讨论，唯一能确定的是这样的行为包含着十足的恨意……或者决心。

曼尼将视线扫向四周，地板上的刻痕引起了他的注意。看来地板的材质较软，而马修曾用手指在地板上刻下了奇怪的符号，是呈三角排列的三个圆形。这是数学符号？不，在这颗星球上也许有着什么宗教意味——比如三位一体之类的概念。

○

○　○

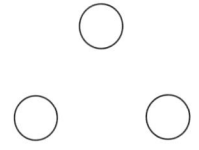

"梅琳娜，请你冷静下来。你对这个符号有什么概念吗？比如，你们所信仰的菲亚拉神祇是否有什么化身，或者存在其他神？"

梅琳娜的双眼正流着似乎是眼泪的液体，她泪眼婆娑地看着曼尼说："不，我没有印象……菲亚拉大人是世界上唯一的神，她一直在保、保佑着我们，为什么要把马修先生带走？"

"恐怕带走马修先生的另有其人。"藏在宇航服头盔里的曼尼努了努嘴，"马修，要不你起来告诉大家是谁？"

曼尼多希望马修此刻会应声坐起，但奇迹没有发生。对于马修这一批机器人，执行命令和数据存储的中枢还是放置在头部，像这样的创伤足以使他停止活动了。

"嗯？"曼尼突然想到了什么，抱起了马修的头部，鼓捣了一会儿，从中取出了一个外观完整的黑匣子。这正是马修的信息处理模块，没准儿里面还储存着马修死亡前的记忆，而宇航服内置的微型计算机说不定还能处理。曼尼正准备把黑匣子收起来，身后却传来一个与刚刚截然不同的声音。

"你果然对我们降下灾祸了。"

门外，"母亲大人"身着装饰着繁复花纹的黑色长袍走了进来。她的气质与梅琳娜截然不同，更别提刚才那个一直缩在墙角里、微微颤抖着的小孩了——从刚才偷听到的梅琳娜与他的对话得知，那个孩子名叫"墨丘利"。

"你好，尊敬的'母亲大人'。"虽然无端的指责让曼尼的脸色阴晴不定，但他的话语还是保持着恭敬，"之前我没有好好介绍自己，请允许我解释一下目前的情况……"

"不必了。"

曼尼这才在昏暗的房间中看清了"母亲大人"的长相。冷峻的青色皮肤、紧抿的嘴唇都显示出她的心情并不愉悦，一块不知什么材质的黑色布料覆盖住了整张脸的上半部，搭配夸张的冠冕，更添了神秘的气息。

"难道你是想说我的孩子们杀死了马修吗？或者，你是想诋毁马修是自杀吗？他一直是虔诚的菲亚拉信徒，绝不会做这样的事。"

"不，我不是这个意思。"曼尼慌乱地摆摆手，机器人能否成为虔诚信徒的问题暂且不论，他的眼神已不自觉地瞟向角落里的墨丘利。这个孩子就非常可疑。

"够了，你们这些外来者注定会破坏菲亚拉构建的一切。我本不想严格关押你，给你回归母神菲亚拉怀抱的机会，但现在看来你并不想要。"

即使不借助翻译程序，曼尼也从"母亲大人"的行为中感到了非常深刻的敌意。不行，必须挽回这个局面。为了生存下去，必须回到地球。曼尼的脑海中充斥着这个念头，随即灵光一闪——

"等等！'母亲大人'，如果、如果还有一种可能呢？"曼尼一字一顿，生怕翻译程序漏翻了什么重要单词，曲解了意思。

"如果既非您的孩子，也不是我害死了马修，而是另有其人呢？比如，您是否还有流落在外的同族人？"

"母亲大人"的动作果然定住了。凶手是谁其实并不重要，但如果能因此发现残存在外的族人？这又是另一个问题了。

"看来马修和你说了很多事情。但我并不认为我的族人会毫无理由地伤害同样的信徒。"

"动机如何不重要，只要找到了伤害马修的'凶手'，菲亚拉肯定会让它忏悔的——更重要的是有其他人犯罪的可能性，不是吗？"

"就算如此，你又能如何证明？即使不依赖你，我也能通过我的联络场与族人进行联系。"

"但如果是像您的孩子这样的幼年个体呢？它什么时候会成熟呢，也许它永远不会成熟、觉醒，拥有您这样的能力。但是我不一样，我有这个。"

曼尼晃了晃手中的黑匣子。

"这也是我的能力，我是唯一一个可以从这个匣子中破译出马修死亡之前记录的信息的人。其中肯定记录了您想要的东西。只要给我一点时间——不，只要等待几个你们的周期，我肯定会把破译的信息都呈给您。"

曼尼的话半真半假。其实他也说不准这其中是否真的记录了凶手的信息，M4号行星的文明、地貌、气候数据才是他真正想要的。顺利的话三个小时就可以完成破译，但他故意没有定下准确的时间。对于没有时间观念的M星人，自然是拖得越久越好，最好拖到腿伤恢复，直接带着黑匣子逃出生天。

"狡猾的外来者……""母亲大人"闻言却叹了口气，"我知道你们会用我们的周期规律做一些欺瞒母神的诡计。我虽然不清楚你们所说的'时间'是一种怎样的魔法，但我知道要警惕谈论这个的人。我不会允许你掌控你所说的时间。在下一个清醒期，你需要告诉我答案。"

有人曾与他们谈论过关于"时间"的事情吗？听她的意思并

不是马修，那么显然就是之前的科考队成员，可那都是二百年前的事情了，曼尼对"母亲大人"的寿命又打上了一个大大的问号。

"我明白了，那我的死刑审判？"

"暂时取消。"

"感谢'母亲大人'，感谢母神菲亚拉。"曼尼装腔作势地祈祷一通，"那么，能否为我介绍一下这位……朋友？"

曼尼靠近角落的墨丘利。一旁的梅琳娜尴尬地拍了拍墨丘利的肩膀说："大脑袋，墨比较害羞。"

墨丘利此时才抬起了头，看到他的长相，曼尼怔住了。

在墨丘利如小动物一样带着困惑和悲伤的脸上，一只大眼透过刘海的间隙望着曼尼。唯独一只眼睛，它如同夸耀着其本身的存在感一样幽幽地看向曼尼，也透过宇航服头盔玻璃的反光回望着墨丘利自己，让这个场景显得更加荒诞。

"怪物……"即便并非出于本意，但看到这怪异的生物形态时，曼尼还是不自觉地冒出了这个念头。

间章 M4号行星调查报告3

这次，我想再从M星人的"时间"观念开始谈起。

按照我们的观点，时间一直是文明发展的基石：不论是安排生产活动、管理社会组织，还是进行宗教祭祀，准确的计时法都是必不可少的。然而M星人的发展却呈现一种随意却又有条不紊的独特风格。首先，当地的食物来源于一种类似仙人掌的农作物，其果实、茎和根部均可食用，而且并不依赖人为的耕种和灌溉，展现出极强的生命力，因此他们并不需要花费时间进行耕作活动；其次，M4号行星的气候环境在我所能观察的范围内呈现出让人不安的稳定性，没有明显的自然灾害或者环境变化，这让预测和记录也失去了意义，他们更没有诞生自然观测或思辨的习惯。当我告诉他们时间、科学、自然和宇宙的概念时，他们展现出了不亚于听到神迹的惊讶感，但很快便选择了否定并表现出了攻击性。那些概念似乎与本文明的宗教教义相违背，我也不敢再次提起。总的来说，M星人对宗教的虔诚和不事生产的特性是地球文明无法想象的，他们证明了不需要时间的概念依然可以正常生活。

仿佛是为了应和这颗星球的特殊环境，M星人的个体成长同样没有明确的阶段，幼年期到成熟期的转变并不依赖于特定的成长时间，而是源于几乎随机出现的个体变异，或者说"成熟"。成熟的个体会自然地获得加入 M 星人"联络场"的能力，同时也会在宗教上获得较高的地位，能够建立属于自己的群落；M 星人似乎是雌雄同体的，在成熟后会自行分娩出一个质地坚硬的"卵"，它的后代便在这个卵内发育成长，直到成熟后才破壳而出，并直接拥有从事生产的体力和智能。后代的个体数十分稳定，只有三个。简单的养育模式和较小的团体规模降低了管理的复杂程度。长久以来，比起详细的规划，他们更喜欢用随机事件——或者用他们自己的说法——菲亚拉的启示来指导生活；同时，他们的生死观念也较为原始，虽然从教义上否定了自杀和谋杀等干扰生命规律的行为，但对自然死亡的态度却很包容，疾病的概念则根本没有出现。

我从不认为这样的文明能够持续多久，事实上据我了解，这种脆弱的文明已经处于消亡的边缘，只有几个群落还在苟延残喘。从漫长的时间角度，他们的存在只是一瞬的事情，但如果以他们的神祇角度来看，消亡与否并没有什么分别，他们在这个空间中既是存在，也是不存在的，过去和未来紧密联系在了一起。

他们似乎也没有记录文字的载体，但庞大的联络场却让每位"母亲"都被动承担了文明和宗教的记忆工作，使得相关记录免于断绝。我听过他们吟唱的菲亚拉颂歌，有一段摘录如下：

　　世界本是混沌的圆，
　　但母神带来了启示，规律了子民的作息，
　　从此世界有了变化。
　　然而始于斯，终于斯，
　　我们终将回归。

M 星人虽无时间概念，却并非没有意识到世界的变化，对周期的存在也有思考——只是依然归因于某种"上天的启示"。圆形是他们的文明中非常重要的宗教符号——这让我想到了庞加莱回归原理,如果宇宙的发展真的是个循环,没有寂灭,只有"回归"就好了。

04 Message

曼尼终于获得了短暂的自由，而他要做的第一件事就是重新了解这个群落的全貌。他再次意识到整个群落的设施单调至极，只有六座独栋建筑围成圆形分布，曼尼所住的临时监狱和马修的住处分别位于相对的两边，以马修的住处为起点顺时针看，分别是祈祷间、梅琳娜住处、曼尼临时住所、进食间和墨丘利住处。虽然都是独栋建筑，但相邻的建筑之间有粗细类似于钢缆的绳索连接，绳索上有毛糙的凸起，大概系于距地面一米五至两米的头顶，对于长得小巧的梅琳娜和墨丘利来说较难够到，但对于曼尼和"母亲大人"倒比较轻松，可是这个绳子有什么用呢？总不能是晾衣服的吧。曼尼突然想象着马修和"母亲大人"晾衣服的场景，有些忍俊不禁。直到梅琳娜和墨丘利打开门，领着曼尼到进

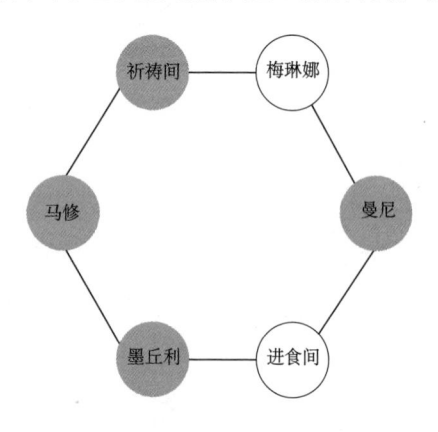

食间进行"早餐"的时候，曼尼依然在思考那些绳子的作用——当然，这其实也是避免再回想起刚才的尴尬场景。

刚才在马修死亡现场的一句"怪物"显然没有让大家开心起来，也断送了曼尼和墨丘利交谈的机会。这次换曼尼缩在了房间的角落，拿着类似于勺子的工具拨弄着盘子中颜色鲜艳的食物。据说这是当地的主食，是用之前见到过的仙人掌做成的，由梅琳娜和墨丘利两人合作准备。入口除了强烈的甜味，还有一丝恼人的涩感。曼尼没有继续品尝的胃口，便开始观察起房间的设施。

房间正中间是长条形的餐桌，只有梅琳娜和墨丘利两人面对面坐着默默地进食。整个进食间的餐具刚好有三套，曼尼本以为刚好是为三位M星人准备的，但"母亲大人"似乎吃住都在自己的屋子。出了马修住处便是祈祷间，食物也由两个孩子送了过去。这让曼尼再次冒出了疑问，自己使用的这套餐具是属于谁的呢？马修显然是用不上的，他的复合供能系统足以支持其三百年的探索活动。

"请问……你们有没有别的兄弟姐妹呢？"

梅琳娜和墨丘利四目相望，前者暗暗戳了一下墨丘利的手臂，而后者则受到鼓励一般开了口："只有我们，我、我们一直都和'母亲大人'，还有马修先生生活在一起。"

"那你们有没有见过其他的族人？"

"族……人？"

"就是，和你们长得一样的人。"

"很像的，有；长得一样的，没有。"

"比如？"

"比如大脑袋叔叔你呀。"说话的是梅琳娜。

"马、马修……"说话的是墨丘利。

曼尼不禁哑然，这两个孩子自出生记事起，除了"母亲大人"和一个机器人外，便没有见过其他的同族人，其中更让人担忧的是墨丘利……曼尼回忆起马修脸上那个硕大的摄像头，难道墨丘利一直出于这个原因把马修视为自己的同类吗？想到此处，他又不自觉地望着墨丘利那张与旁人格格不入的脸。

独眼畸形——曼尼还在地球时曾学习过这样的例子。有极少数的胎儿因为遗传疾病或者发育问题而只有一只眼睛，但这类生命基本上会胎死腹中，或在出生后不久死于其他发育问题；唯有动物中偶有独眼个体存活的报道。或许墨丘利也是这个情况。生于这个文明的终末不知道是不是他的幸运。

"放心吧，墨。"梅琳娜闻言挤出了笑脸，拍了拍墨丘利的肩膀，"'母亲大人'说了，很快会找到其他同伴的，大脑袋叔叔也会帮忙的。"

"大、大叔叔也有两只眼吗？"

"呃……"曼尼尴尬地摘下头盔，又立刻戴了回去。

"哦。"墨丘利看着，却并没有做出任何反应，只是低下头继续翻弄着盘中的食物。

曼尼有些不知所措，放下盘子后又尝试询问了一下两个人在上个清醒期最后的行动路线。墨丘利除了日常去祈祷间聆听"母亲大人"的教诲外，便待在自己的房间里；而梅琳娜除了与墨丘利共同行动外，还负责在沉睡期来临前到曼尼房间通知马修和曼尼二人。之后马修和梅琳娜二人结伴回去，先是一起经过墨丘利的房间再次提醒他，那时墨丘利已经在自己房间中准备睡眠了。然后，二人分别，梅琳娜和马修都径直回到各自的房内。至于"母亲大人"，在没有特殊情况的时候，她都待在祈祷间，刚才她来到马修房间也让梅琳娜二人意外不已。曼尼一面感叹着此处日常生活的单调,一面客气了几句便往外面走。没想到背后的梅琳娜追了上来:"大脑袋叔叔——你接下来准备去哪儿?"

"是'母亲大人'派你来监视我吗?还有,你可以叫我曼尼,我和你认识的马修先生,嗯,算是老乡。"

"好的大脑袋叔叔,老乡是什么?"

"嗯……就类似你和墨丘利的关系。"

"那么就是家人!"

曼尼愣住了,刚才他听梅琳娜的发音,"家人"一词明显就是地球上的语言。

"这个词是谁教你的?"

"是马修先生教我的,他说是他之前家乡的语言。有空的时候他就会教我和墨一些,但是太难了,你们家的话好奇怪。"

"是吗,他还教了什么?"

"我们的名字也是马修帮忙取的哦。我和墨丘利的名字怎么发音来着? Marine 和……Mercury。"

确实是直白的名字。因为 M 星人的发色和肤色都近似于青蓝色,因此使用了与水有关的单词——真是这样吗?曼尼心中有了些许疑惑。

"看来马修先生对你们很好。放心吧,我会找出是谁害死了他的。"

"找出来之后呢?"

"嗯?那自然,就像'母亲大人'对我做的那样,死刑?彰显正义?"

"我们喜欢马修先生,他什么都能做到,无论发生了什么都会赶来帮忙,帮了墨和我好多次——但我讨厌死刑。之前'母亲大人'说要判决大脑袋叔叔你死刑的时候我也吓坏了。我没见过

'母亲大人'这么害怕的样子。"

她为马修的死亡感到悲伤,却并没有仇恨,这就是 M 星人孩子的思维方式?曼尼心想着,转移了话题:"害怕?你觉得你的'母亲大人'这么对我是因为害怕,我有什么好怕的?"

"我……不知道。'母亲大人'说,你会伤害到菲亚拉大人。"

"我有这么厉害吗?说到底,我都不知道你们的菲亚拉大人究竟是什么。"

"菲亚拉大人孕育了我们,也孕育了这个世界的一切。此刻祂也在温柔地注视着我们。"

曼尼下意识地抬起头看天,天空还是一如往常,泛着死气沉沉的光,只不过今天的更甚,厚重的云在头顶盘踞着,甚至连月亮也遮住了。

"唔,最近都是这样。菲亚拉大人很疲倦,正在闭目养神——菲亚拉大人只在大脑袋叔叔你到的时候醒了一会儿,肯定是想看看大脑袋叔叔你是什么样的人。你不信任菲亚拉大人,'母亲大人'说菲亚拉大人很伤心。"

多亏你还能把自然现象解释得这么浪漫。曼尼嘟囔着,回想起第一次被马修带着出门时的场景。那时的天空确实比现在晴朗一些。

"那么,你觉得马修哪里厉害呢?"

"马修先生就是……什么都能做到,给我和墨找了好多玩具,帮'母亲大人'装饰祈祷间,还给房子做祷绳。"

"祷绳,你是说挂在房子间的那个绳索?那有什么用?"

"是马修先生设计的,他说这是用来防止怪物的结界,如果怪物进攻得太厉害了,祷绳上就会留下痕迹,这是很厉害很厉害的东西。"

曼尼看着那所谓的祷绳不予置评。只是想着机器人竟然也会搞这么玄乎的东西。正说着，二人已再次来到了马修死亡的屋子门口。虽然这个村子的六座建筑各有用途，但M星人没有制作门牌，也没有装饰房子的传统，唯有马修住处门口种植有仙人掌以示区分。观察行星上的植物应该是马修的任务之一，而仙人掌也成了马修的特殊门牌。在空旷的室外走着，曼尼时常会感到迷失，但久居于此的梅琳娜方向感很好。她说虽然她和墨也经常认不出房子，但只要看到了月亮和仙人掌，走到哪里都不会迷路。

此时马修的尸体已经被收拾好了，为了分析数据而取下的部分也都放回了曼尼房间，整个室内冷清得吓人。四下看去，室内还是没有什么打斗的现象，曼尼也不认为会有人能在武力上胜过航天科考任务用的智能机器人。因此，马修一定是被某人突然袭击，直接破坏了头部。只是谁会对一个机器人产生这么大的恨意呢？他并不认为真的会有外来者，而梅琳娜、墨丘利，或者"母亲大人"？力量可能够，但他无法想象其中的任何一个会突然做出伤害行为。

他的目光再次落到地上三个圆圈的符号。虽然马修的控制中枢在头部，但胸部也有一个中继单元负责处理感应器传输的简单指令，减少中枢的计算压力。即使头部被破坏，马修确实也可能操纵手臂留下一些记号。但一如古今中外所有案件现场的留言，这一次的也并没有直白地展示其意义。

"梅琳娜，你对这个符号确实没有印象？"

梅琳娜低头思索了片刻说："'母亲大人'说过，圆形是世界，也是菲亚拉的图腾。但'母亲大人'一般只会用一个圆表示世界，我没印象……啊，这难道是菲亚拉圣像上的样子？"

梅琳娜麻利地蹲下，伸出手指比画着："这个圆是世界，这个是菲亚拉……这个,是被菲亚拉放逐的孩子。"

曼尼想起了在祈祷间帘子上见到的图形,那似乎描绘的就是这一情景。但三个圆是不是过于抽象了?难道真的只是这么简单的宗教意义,目的是告诉发现者,"母亲大人"就是凶手?

"还有哪里有你所说的圣像?"

"只有'母亲大人'的祈祷间里有。"

但曼尼可不想再回到那个鬼地方了。

"我、我的房间里也有。"

墨丘利出现在门口,怯生生地开口道。

曼尼困惑地看了梅琳娜一眼,随即回答:"带我去。"

……

墨丘利的房间几乎和马修的一样简单,一张床,几个叠满替换用长袍的柜子,还有一些造型奇怪的石头堆放在角落里,似乎是墨丘利的私人玩具,而正对门的小圆窗外依然是毫无特色的空旷景象。与开朗的梅琳娜不同,在马修帮助"母亲大人"做事的时候,墨丘利宁愿待在房间里进行祈祷,或者用石子玩一些打发时间的游戏。曼尼从柜子最下面翻出了一块手帕大小的黑布,看面料与祈祷间的帘子类似。

"这、这是马修先生送我的。他在帮'母亲大人'布置祈祷间的时候做的试验品……后来他偷偷把这个给我了。千万不要告诉'母亲大人'。马修先生说如果被'母亲大人'知道了,会很生气的。"

曼尼满口答应着,接过了布料。果然上面的花纹和他记忆中帘子上的十分相似,甚至更加精致。只是具体细节上有些差异,例如少了很多帘子上的复杂花纹,画面正中央,怀抱着代表星球的圆的母神菲亚拉周围也少了那些遮住其身形的线条。菲亚拉长得与"母亲大人"类似,是标准的 M 星人形象,只是面部却没有做任何刻画,只留下了一片空白。

"为什么没有画出菲亚拉的长相?"

"母神菲亚拉为了能够永远注视并守护我们,全身都融入了我们的世界,所以没有长相。"梅琳娜和墨丘利合声说道,并闭上眼做祈祷状。

曼尼却不以为然:"哦,是吗?那天上的星星是菲亚拉的什么?毛孔吗?哈哈。"他随即又意识到自己的发言不合时宜,但闭嘴似乎已经晚了。房间内的气氛再次陡然一变。

"请你收回这样的话。"两人面无表情地瞪着曼尼,简直和之前的孩子形象迥然不同。

"对、对不起。"在气势上输给了眼前的两个孩子让曼尼感到挫败,但本能告诉他这个时候还是认怂比较好。

"没事的,大脑袋叔叔。"梅琳娜立刻回到了最初的样子,"毕竟得需要深刻的学习才能理解菲亚拉大人。"

"这块圣像,可、可以借给你。"墨也重新换成了小动物一般畏缩的神情。

曼尼感到自己后背冒出了冷汗,立刻找借口走出了屋子,径直回到自己的住所。恍惚中他似乎觉得有人在背后看自己,但转过头却不见任何生物的踪迹。唯有远处隆隆的噪声响起,模糊又延绵不绝。

间章 科考队个人记录 7

我不知道这些该不该记录到调查报告中。我不清楚这是我的臆想，还是别的什么。我曾认为只有成熟的个体才会加入 M 星人的联络场，但现在我怀疑其实每个 M 星人都在潜意识里参与到了庞大的集体意识网络。这不只是什么集体潜意识理论，而是真实存在的、由 M 星人身体构造决定的类似心灵感应的行为——所有 M 星人的意识都被不同程度地纳入一个共同的意识中，而那股意识被混入了过多的宗教信仰，导致每个人都成为虔诚的菲亚拉信徒。我之前记录的成熟过程中的人格转换，只是这一现象的一个例子而已。

对于幼年个体，这股力量的影响并不强烈，因此他们大多时候只是潜移默化地被影响。只有受到了强烈的刺激，例如被像我这样的外来者质疑信仰根基之时，那股力量才会显化。这一理论能帮助我解释很多东西，例如，是什么控制了 M 星人的清醒和沉睡期？按照 M 星人自己的理解，每次周期的转变都是菲亚拉的一次启示，但实际上按照我最开始的记录，每次周期的持续时间都是一致的。这绝对不是什么神启，而是某种他们尚未观测到的自然规律，被他们潜意识的联络场感应到了。那究竟是什么？

我回忆起了他们提过的概念——在沉睡期中，某种庞大的怪物会苏醒，所以在此期间绝对不能出门……答案一定藏在沉睡期中。安逸的生活也该结束了,我需要在沉睡期出去一趟,只要不被当地人发现就好。我的物资里还保留着几件武器,希望不会用到。另外,马修也是一个很可靠的战力。我准备等沉睡期来临后把他唤醒。

一定要一切顺利。

05 Monster

曼尼回到房间时，窗外正是雾蒙蒙的一片。本来曼尼所住的这间是唯一能透过窗看到月亮的房子，似乎也是当年科考队员暂住过的地方，此时被云遮住的月亮更激起了他的乡愁。

他轻叹了一口气，翻出马修的黑匣子，从宇航服手臂的面板旁抽出了一根数据线连接上，开始进行数据分析。

在此期间，他就呆滞地躺在床上，整理着这段时间混乱的记忆，妄图从中汲取一些真正有价值的信息。他摩挲着从墨丘利那里拿到的"圣像"，先是想着从一开始默念计时，但很快便乱了节奏，当数到三百八十七的时候就放弃了。接着他开始望着解析的进度条发呆，对着空气说话，尝试向菲亚拉祈祷。

这期间梅琳娜曾过来通知沉睡期将至，曼尼注意到梅琳娜的双眼微红，恐怕是又想到了损坏的马修，曼尼本想安慰几句，但却联想起刚才在墨丘利房间那瘆人的注视——缩了缩脑袋。

"大脑袋叔叔，你可千万不要出去违反规则了。相信'母亲大人'一定会原谅你的，我和墨也会帮你说好话的。"梅琳娜最终留下了这句话。

曼尼甩甩头，再次聚焦到解析面板上。终于，清脆的提示音响起，马修脑中黑匣子的数据已解析完毕。

接着出现在曼尼宇航服头盔视野中的，是无数文件和视频记录，其数据量之大超出了曼尼的想象。但幸运的是，马修——或者是设计者的要求——已把所有数据分门别类放置好，减轻了不少工作量。

这其中既包括了马修随行科考队员的调查报告，也包括了其上传的个人记录备份，甚至还有当年飞船和登陆舱的摄像头记录数据。

曼尼先翻阅着马修的运行日志。根据日志记录，每隔一定周期马修便会返回指定地点待机，这一定就是M星人沉睡期的开始时间，而在最后一次待机记录中，马修明显被中途唤醒了一次，并与某人进行了简短的交互，随后便被对方突然破坏了头部，相关记录也因此没有完整储存下来。

接下来的任务便是确认这位凶手究竟是谁。曼尼翻阅着M4号行星相关词条，随即想到了一个可能性。按照科考队员的记录，现在大家居住的房子便是当年的殖民舱，理论上每个殖民舱也都是有摄像头记录数据的，或许……

曼尼总算在纷杂的目录里找到了关键词。当年的科考队员在搭建移民舱的时候并没有安装摄像头，但是舱门处却保留着一个自动记录仪，会记录门口经过的人员。虽然时间部分已经是一列无意义的数字，但根据记录推测，数据的储存正是在马修损坏之后停止的，因此最后的记录一定是凶手进入马修房间时留下的；再比对马修待机的开始时间，缩窄范围后寻找沉睡期中哪几个殖民舱前有人经过——那必然是凶手在外游荡的路线。

但细查之下，曼尼却产生了更深的疑惑。沉睡期中共有四条记录，并且由于殖民舱未进行编号排列，除了最后一条能够确定是马修住处外，剩下的三条记录则让曼尼一头雾水。曼尼回想起村落建筑的分布，由于记录可能出自同一个殖民舱，四条记录共有二百五十六种可能性。即使考虑最简单的可能性，即凶手从某个殖民舱出发环绕一圈，最终到达了马修的住处——也难以找到合理的解释。如果凶手本来就想找马修，为何要绕一大圈，而不是直接前往？如果凶手有其他目的，临时起意去找马修，但又是什么促使它这么做的？

如果考虑到真的有M星人外来者……曼尼回忆起了科考队员的记录，M星人的母亲本来会生育出三个后代，然而现实情况却是少了一位——他在这个清醒期注意到的餐具问题也提示了这一点；另外，自己所住的殖民舱之前似乎都是空房，这也暗示了同样的可能性。难道说是过早夭折了吗，还是真的有另一个M星人游荡在外？为什么这里从没有它的记录，仿佛它一直没有存在过？它又为什么会在沉睡期活动？和梅琳娜口中的怪物有关吗？为什么会破坏马修？

一个问题没解决，反而衍生出了更多的问题。曼尼摇摇头，反复扫视着调查报告和记录，目光落在了最后几篇科考队个人记录上。这个队员曾提到他们有很多物资，并且其中还包含武器。但马修和曼尼交换的信息中并没有提到这一批物资，并且按照马修的说法，这位队员最后已经死在了M星。这些物资、武器在哪里？这位队员的坟墓又在哪里？

"答案一定藏在沉睡期中……"

如同幻听一般，曼尼的耳边响起了这句话。

他再次向窗外望去。室外的景色一如既往——只是如同蒙上了一层奇怪的滤镜一样，比刚才更加暗沉。现在是什么时候了？曼尼一放松下来，立刻感觉到困意袭来。但他强打起精神活动了一下筋骨。左腿依然疼痛，但比上个周期好一些。似乎马修帮自己治疗的时候也使用了存留的医疗物资——医疗物资这么长时间了还会有效吗？曼尼心中的疑虑更深了一分。

他感觉天边那阵隆隆的低吼变得更加清晰，虽然殖民舱的隔音效果优良，但此刻却应和着那声低吼轻微颤抖着。

"怪物。"曼尼思考了片刻，还是穿上了全套宇航服，在头盔里长叹了一口气。他慢慢挪向铁门，隔着门上的小窗口越过气闸室看向外面。虽然移民舱的两道门上都有窗口，但隔着一段距离根本看不清外面的景象。曼尼突然意识到在上个沉睡期，那位凶手可能就这么站立在殖民舱的门口，沉默地向室内窥伺着。

曼尼将手贴在门上，感受着舱体的震动，不禁产生了正有另一个人站在门外与自己叠掌而立的错觉。他想到了什么，再次翻阅起了马修归档的科考记录。在另一个完全无关的文件夹里，他突然注意到了一篇名为《科考队个人记录8》的文章，如同是被故意藏在其他文件夹里防止被发现一样。内容记录如下：

"我的推论是正确的，但是'母亲大人'也知道。她开始了对我的追杀。她早就拿走了一些武器，这是我失算了……我没想到她为了保护菲亚拉会做到这种地步。我必须逃跑，逃到她找不到的地方，期盼着救援队的到来，会来的，会来的，会来的……

"我让马修留下，让他服从'母亲大人'的话。如果真的有救援来，他留在那里更方便。这些记录应该都会备份到马修体内，但是我的权限不够，没法让马修对这些资料实施一级保密。为了防止被那些M星人看到，我不能写得太多。

"我看到它了。这一切都是关于它的。它正在向我走来，它是这个世界被隐藏的规律。必须得考虑M，要考虑……关于M的运动（The movement of M...）。"

……

曼尼关上文档。刚才的冲击力太强,凭借那些零碎的提示和这段时间的经历,他突然意识到了某种夸张的答案。此刻他只有一个念头,不能让"母亲大人"发现这些文档。如果这里的规律和他猜想的一样,那曼尼也只有逃跑一条路可以走。周期到现在过了多久?按照解析的速度判断,可能已经将近四个小时了,如果周期的切换真的有规律,那清醒期就要来了。

所幸现在殖民舱的门是开放的。曼尼确认了自己登陆舱的位置依然没变,穿戴整齐准备出门,但在出去之前他又打开了宇航服里的录音系统,一边快速叙述着自己的经历,一边以最快的速度向登陆舱奔去。

一定要回去,家里还有人在等着自己。去他的M星人,去他的菲亚拉。只要找到登陆舱,一切就会变好的。随行的物资和设备应该都还完好,只要能发出求救信号,我就能存活下来——

曼尼左腿的剧痛让他更加清醒,飙升的肾上腺素让他觉得自己无所不能。直到他来到了"整个世界的边缘"。

在昏暗的天光之下,一片没有尽头的海延伸到天际。脚下潮湿的沙土包裹着曼尼的双脚,使他很难再迈出一步。而目光所及大约一千五百米的远处,一个明显是人造的物体仅露出了一个角——曼尼的登陆舱绝大部分都浸泡在了M4号行星的海水里,以M星人的文明水平和他个人的力量,绝对无法打捞出舱体。

——这是幻觉。这不是我的登陆舱。

但无论是宇航服里的信标光点、马修的证言,还是马修黑匣子中的记录,都证明了自己的登陆舱就在眼前。

——我该怎么办?要回到地球,必须先回到登陆舱里。一分一秒都不能耽搁。

大脑空白的曼尼只犹豫了一瞬,然后朝着永远不会升起的太阳迈开了步伐。很快,他的身体被名为"清"的海水吞没,再也没有浮上来。

　　……

06 Mystery

24××年，地球。

米勒正舒舒服服地躺在办公椅上，拉下了额头上的眼罩，准备睡个难得的午觉。但马萨那急匆匆的脚步声却又不合时宜地响起在耳边。

"怎么了，朋友！在这种地方午睡吗？我送你的那个前天新发布的休息舱呢？我昨天躺进去可就起不来了，那舒服的……"

"得了吧，闲话少说，今天又有什么事？"米勒已经对这位损友的突然拜访习以为常了，他再次拉下眼罩，放下了架在桌上的腿。

"昨天的拍卖会，不是又公布了几个新的藏宝箱吗？我拍下了一个，是一段很奇怪的故事，想拿给你看看。"

米勒的这位朋友仗着家里有点闲钱，便致力于成为一个太空宝藏猎人——从三个世纪前开始，太空探索就成了热潮，但由于早年间的技术不完善，有许多官方或私人的飞船被废弃在了宇宙间，当一百年后这些废弃物资宣告公用后，便有大批公司前去回收并进行拍卖。虽然大部分都是亏本买卖，但也有不少猎人获得了奇特的收藏品，或是猎奇的故事。

"这个故事取自数百年前一位官方科考队成员的经历，他意外登陆了一个奇怪的星球，而且这个星球似乎还曾被更早的另外一批队员造访过——总之这个故事挺有趣，但由于当时的回收记录不规范，发生地的宇宙坐标、具体时间等信息已经全部遗失。我这里大概是目前最全的资料，经好几个收藏家出手才拿到的。"马萨用他那标志性的破嗓手舞足蹈地描述着，"就看你能不能看出来。"

"看出什么？"

"世界的规律。"

"规律？"

"在整个故事最后提到的，那颗星球上隐藏的'规律'。似乎那种规律就是破解各种问题的关键。不过这些问题过于繁杂，不仅涉及一起以机器人为受害者的谋杀案，而且这颗星球上的所有人还都是邪教的狂热粉丝，个顶个的谜语人；还有这颗星球的环境、其中有意无意提到的'缺少的第三个M星人'……对了，它的标题取自故事中的一句话，《关于M的运动》。我想这个M，就是世界的规律。"

米勒狐疑地扫了一眼大致的故事，又翻了翻整理出的黑匣子内容，开口道："可以认为资料的叙述是客观的吗？资料文件是否有损坏，顺序是否正确？"

"不知道。"

"不知道？"

"你不觉得这样才好吗？"马萨向前大迈一步，几乎凑到了米勒的脸前，"这段故事的时间、地点、人物全是谜，除了知道是发生在已知宇宙的某处，其余一概不知，甚至连是否有人为修改或隐瞒都不清楚。这才是谜题的最高形式啊！"

米勒嫌弃地后退一步说："好好好，你的热情我是明白了，总之就是言之有理即可？"

"还要能解释故事里出现的各种问题——怎么样，要不要我先说我的想法？"

米勒本想告诉马萨别打扰自己思考，但想到这位的个性可是不吐不快的，只得同意。于是马萨说道——

07 Moment

谁都可以看出来，一切都是关于时间。

在故事中最关键的事件便是马修之死——而引出的四位登场的嫌疑人分别是曼尼、梅琳娜、墨丘利和"母亲大人"。然而，主角曼尼没有动机，梅琳娜和墨丘利时刻表现出对马修的尊敬，而"母亲大人"更没必要通过这种手段处理掉马修，无论是为了陷害曼尼，还是为了报私仇都不合理。但在讨论嫌疑人的时候，会被忽略的恰恰可能是真凶——而在此处则是那位一直在记录信息的科考队员。

相对论早已经解释了时间的流逝会受到引力的影响。因此宇宙中各天体的表面根据其引力场的强度大小，可能拥有和地球截然不同的时间流速。在故事中每次提到时间都只用地球纪年来描述，然而他们却忽略了在 M4 号行星上，可能一个周期的时间就等于地球的十年。虽然具体的比例未知，但很有可能，那位科考队员最后的逃亡与曼尼的登陆之间根本没有二百年的时间差。

有多条线索能够佐证这一点：事情发生时的"母亲大人"与科考队员笔记中的新任"母亲大人"显然是同一个；马修给曼尼使用的医疗物资尚未失效；当年搭建的殖民舱仍能使用。虽然梅琳娜和墨丘利表示他们出生之后并未见过别的生命，但我们并不知道 M 星人生长周期如何，也有可能他们出生在队员逃亡之后，此后只花费数年便成长为此时的模样，而那位队员仍可以依靠物资和仙人掌食物存活下来。

这 4+X 人之中特殊的 X 就成了最佳的事件制造者。他本想让马修留在 M 星人之间，作为人类到访时共同逃亡的内应，结果却发现在曼尼到来之后，马修完全成为"母亲大人"的走狗——长时间的痛苦和仇恨交织之下，他准备通过偷袭解决掉他们。但在沉睡期来临之时，他对要不要联络曼尼，以及究竟该杀死谁感到纠结，因此经过了四个殖民舱。他最终确定马修是他复仇的第一个对象，于是动手——

这同样解释了最后曼尼在读罢笔记后突然急着想要逃离这里的原因。他瞬间悟出了 M4 号行星的时间流速问题，因此担心再待下去就无法再见到家人。在他最后的独白中，明确提到了"一分一秒都不能耽搁"，这是又一力证。然而，即使他试图放手一搏，最终还是被海水吞没——他将这一切，都怪罪于时间。世界的规律即时间：

"The movement of moment."

米勒听罢，拿着书脊重重地打在了马萨的脑袋上："从哪部电影里获得的灵感？从动机开始，简单地排除了四位嫌疑人可是大忌。其次，如果这位队员真的为该杀死谁感到纠结，也没必要到每个移民舱门口转一圈吧？决心往往都是在一瞬间就下定了，他应该直奔马修房间去才对。最后，你这个解答也无法解释马修死亡留言的意义，队员验证的假设是什么，还有 M 星人孩子人数少一位的问题。这可没法说服人。"

"这、我这、我这不是想抛砖引玉吗？"

"就算你搭上了边，曼尼确实认为时间流速不一致，并在最后做出近乎自杀的行为，但那也只是曼尼自己的推理。我不认为时间流速的差距大到能让那位科考队员依然存活，毕竟不是每个行星旁边都有一个黑洞的——你看这个。"

米勒点开了一个附在故事后的文档。它描述了在发现曼尼登陆舱的时候，星球上另一片厚重的冰层下同样监测到了微弱的宇航服信号，并因此发现了另一具身着宇航服、损毁更加严重的尸体。他的半边脸上还缠着绷带。

"这应该就是那位科考队员。脸上缠着绷带也和最初的记录相符合。而他的绷带显然还没拆下来，很可能是在逃出不久就死亡了。"

"啊，我没看到这个。"

"不过……"米勒沉吟片刻，"我与你的思考方向是一致的，整个故事最奇幻的部分就是那个没有时间的世界观。时间不过是我们记录事物的一个参数，如果是物理学家可能会有更多的高谈阔论——但我们并不是，M星人也不是，讨论时间差异是没有意义的，更应该关注的是'时间观'。"

米勒将科考队员的调查报告整理了出来："在文明的早期，时间的存在不过是为了记录自然变化，满足生存需求，我对M星人文明未发展出明确的时间观念没有异议，但他们却有'周期'的概念，这是难以理解的。

"如果将《菲亚拉颂歌》视为记录文明早期形态的考证典籍，同样可以发现M星人对于'圆形''周期''循环'等概念的认识。我想，一定是某种拥有更具体规律的自然活动先于M星人周期概念存在，并使得M星人的周期具有如此稳定的'时间间隔'，从而被他们认为是超凡的启示。"

"而纵观所有报告，都没有提及这种现象。除了——"

米勒瞟了一眼沉默的马萨,手指轻弹资料。

"除了梅琳娜提及的那个每个沉睡期都会存在的'怪物'。"

话音刚落,马萨瞪大了眼。

"怪物是自然现象。"他喃喃自语着,"这、这样确实说得通,那么这位怪物就是影响故事的那条规律——啊,我知道了!"

那个词语已经呼之欲出了。

08　Moisture

一切都关于水。

水本是万物之源，但在整个故事中却属于被忽视的元素，只在背景中零星提到。首先最让人诧异的是曼尼的结局：在最开始和马修确认登陆舱位置的时候，马修分明说的是"东北方向八公里外的荒地"，但曼尼实际造访时却发现舱体早已被海水淹没。不考虑机器人说谎的可能性，这两个矛盾的现象一定有合理的解释。关键在于两者观察的时间不同——马修是在清醒期开始之后，而曼尼是在沉睡期间出逃的，到达海边时恐怕还未到清醒期。

时间的差异带来了水位的变化——这是潮汐现象。

潮汐现象是规律性的海平面涨落，本质是由于天体引潮力的规律性变化，我想这就是 M 星人判断周期参考的自然现象。他们的成熟期可以识别电磁、重力变化，那么对应的器官很可能同样会在潜意识中识别潮汐变化，并成为提醒周期变化的"启示"。

如果引入了潮汐的概念，那很多问题就会迎刃而解。M 星人的清醒期恰恰是潮水退去的干涸期，而沉睡期则与涨潮期同步。恐怕 M4 号行星的潮水可涨至两米以上，故事中建筑物间的裤绳正好可起到标定潮水位置的作用，如果潮水过高，则绳子会被浸湿，上面的凸起处会挂上海中的漂浮物——这符合梅琳娜口中马修设计裤绳的作用。科考队员说过 M4 号行星上的土壤是沙土类型，质地松软且贫瘠，而一般这种土壤的另一特点就是保水能力差。这样即使海水经过，也不会有明显积水，因此不容易被地球人注意到。

而马修和梅琳娜口中的怪物，自然指的是海水了。这是由于翻译导致的理解差异：每个群落的"母亲大人"都会告诫本族人在沉睡期不要出门，对他们而言，打开大门后涌入房间内的海水确实是字面意义上的洪水猛兽；而他们慢慢进化出的高超建筑技巧，也正是为了防止海水渗入。

海水……没错，再回到故事本身，如果在传统的 M 星人群落中，进出房间面临海水倒灌的风险，那么恐怕这起事件便不会发生。然而殖民舱却配置有气闸室，这种设置本是在恶劣环境下作为进出舱门的过渡空间，但在这次事件中却允许凶手在沉睡期进出马修的住处——这为凶手的行动提供了无比的便利。

同时，此假说又可以解释凶手为何会多次经过殖民舱门口，而非走直线前往马修处：假设凶手为了行凶要前往马修的房间，由于海水的存在他无法顺利地直接前往，而必须借助某种辅助工具——正是系于房屋之间的裤绳。虽然平时裤绳位于高处不容易抓住，但那仅限于清醒期的时候；在海水中，抓住裤绳移动是更加方便的选项。在裤绳的限制下，凶手只能一间房接着一间房移动到马修处，从而在多间殖民舱门口都留下了记录。

至于马修的死前留言，自然是为了指认凶手的身份。在这个故事里还有一个地方出现了圆形——那就是群落建筑的平面图。而除了马修房间外，剩下的三个殖民舱正好连成了等边三角形的形状，并恰恰包括了三位嫌疑人的住处。这便是马修指认凶手的方式——他想表示三个殖民舱的住客是需要保护的对象，真正动手的是住在普通房屋中的梅琳娜——虽然梅琳娜不住在殖民舱，但她完全可以在海水上涨之前出门，然后在退潮后回去。水，即是解释这一切的规律：

"The movement of moisture."

马萨正陶醉于自己灵光一闪想出的精妙解答，米勒却立刻提问道："梅琳娜动手的动机呢？"

"这个我也想过了，虽然 M 星人在一般情况下不会在沉睡期出门，可如果梅琳娜在那时经历了'成熟'呢？"马萨清了清嗓，"根据科考队员的笔记，M 星人在成熟时会由于第一次并入联络场而失去意识，之后如人格转换般成为菲亚拉的狂热信徒，她就是因此不受控制地走出了房门，并产生了对其他人的杀意。"

"成为狂热信徒并不意味着会失去记忆，即使想要杀人，也肯定会选择最靠近她的异教徒曼尼，而不会是马修吧？"米勒摆摆手，"这个暂且不论，你的推理有两个硬伤。

"第一，虽然水的假说确实十分有趣，应该很接近真实情况了，但是引潮力的产生依赖于行星间的相互运动，而这在几个天体都相对静止的 M 星人的世界中是怎么产生的呢？

"第二，按照你的推论，凶手需要沿着裤绳经过每个建筑，但即使是从最远端的曼尼房间出发前往马修处，按照你的路线设计，最多也只会经过三个殖民舱，这显然和事实是矛盾的。或许凶手不小心走过了头，或者因为意外在几个殖民舱间反复经过——但哪种假说都不太完美。"

米勒更换了坐姿。"我并非完全否定你的假设，但为了弥补这两个硬伤，正好会用到我的理论。"

沉默了片刻，米勒说出了自己的想法。

09 Mu

　　整个故事和"三"有很深的联系——

　　死亡留言的三个圆形、进食间的三套餐具、M星人生育三个孩子的规律——很明显，除了梅琳娜和墨丘利外，"母亲大人"还有一个被隐藏起来的孩子，而这个被忽略了的孩子才是解开一切的关键。

　　根据他们的证词，"母亲大人"的孩子并没有夭折或者意外死亡，也不存在因成熟而离开群落的情况。此外，M星人在成熟后便会为建立新群落做准备，其中应包括进食间和餐具的设置，再加上曼尼到来前就留下了一座空房子——第三个孩子在计划中确实存在，而它却诡异地消失了。

　　我想到，联系这一切的是关于眼睛的规律。

　　梅琳娜有两只眼，墨丘利有一只，而曼尼在初遇梅琳娜时很自然地默认M星人就是有一双眼睛——如同他担忧墨丘利把马修视为同类，他同样视梅琳娜为M星人的标准形象。"母亲大人"为了权威的形象而以眼罩遮眼，这更强化了误解。事实可能正相反，M星人一直都是独眼，反而梅琳娜是两个胚胎融合产生的嵌合体——一个生命吞噬了另一个本该正常生长的M星人生命，在发育过程中逐渐融合，使得单一个体获得了两种器官（眼睛），她才是那个"畸形"的M星人。在科考队员的报告中，新生的三个 M 星人都会在同一卵里度过最初的发育阶段，这种生长方式恰恰增加了发育异常的可能性。

这也解释了为什么曼尼在初次登场时就被"母亲大人"判了死刑——母亲注意到了曼尼这个异教徒拥有两只眼；为什么当年的科考队员到访时却没有受到恶意的对待？——因为他在登陆时受了伤，半边脸被绷带缠绕，正好遮住了一只眼睛。

除此之外，还有更多被隐藏的"独眼"元素：马修的摄像头在 M 星人眼中是独眼；菲亚拉信仰中称月亮为"母神之眼"；曼尼在最开始提过，M4 号行星是拥有"1"颗卫星的岩质行星……这些繁杂的提示，还有所有的谜团——

为什么"母亲大人"认为曼尼会伤害菲亚拉信仰；

为什么这个宗教信仰不允许 M 星人在沉睡期外出；

为什么凶手在前往马修住处前会四次在殖民舱前经过；

为什么马修要留下三个圆形的死亡留言；

为什么凶手要杀害马修；

最后，世界的规律是什么；

凡此种种，都可以由一句话进行解释：

"The movement of Mu."

"嗯，Mu？母、墓、目？"马萨挠了挠头，"我看这也没解释什么呀，你是想用汉字的目表示 M 吗，可我感觉好多问题都……"

"是我发音不标准吗？不是 The movement of 目，是——

"The movement of Moon."

关于月球的运动。

"这个世界，存在两个月亮。"

10　Moon

这是一段未被记录在任何时空中的对话。

有一位 M 星人第一次对世界产生了疑问,而它面前的这位正是神明的造物。

"这个世界是永恒不变的吗?为什么我们会成熟,为什么会死亡,这个周期和下个周期的世界为什么会有区别?"

"周期会循环,但一切都在运动和变化,宇宙中别的文明会记录这种变化的参数,并命名为'时间'。"

"时间是什么,宇宙是什么,世界的本质又是什么?"

"你开始像科学家一样思考了。我会告诉你万事万物运动的基本逻辑。"

"这……这怎么可能?世界只是一个球体,所有的球体都飘浮在虚空中,遵循着某种规则在旋转?为什么我们没有飞出去?"

"这是因为引力。"

"我明白了。但是这和我的认知不相符。为什么我的世界里'太阳'和'月亮'不会移动呢?我们世代都向着'母神之眼'祈祷,但从未发现她有过旋转,永远有一面对着我们。"

"在创造我的文明中有一个规律,叫作'潮汐锁定'。"

"原来是这样,环绕一个星球的另一个小星球的公转周期会和自转周期一致,导致只有一面朝着自己——创造您的神明所在的'地球'也是如此吗?但即便是这样,为什么环绕我们的两颗星球不会在天空中移动呢?我在尝试根据您说的法则构建一个稳定的体系,但是它的复杂程度超过了我的想象。"

"那为什么不换个思路呢?假如你所在的世界,并不是宇宙的中心,而是围绕着另一颗星球旋转?"

"这不可能!我们难道是围绕月亮旋转的。不,这样也无法解释我观测到的现象,那么……"M星人在地上用手指画着一个个作为文明图腾的圆,"难道,我们的世界是围绕着被母神放逐的'太阳'旋转的?"

"是的,并且你们的星球被太阳潮汐锁定,永远只有一面朝向它。在星球靠近太阳的那侧将永远受到高温的灼烧,而背对恒星的那一侧则处于零下一百摄氏度以下的极寒。幸运的是较厚的大气层防止了温度的急剧变化和大气流失,因此在星球的晨昏线处产生了一圈宜居地带——你们,就住在这里。"

M星人颓唐地盯着地上的图画,问:"那么月亮呢,它该在哪里?该怎么做到我们的星球既和太阳潮汐锁定,又和月亮潮汐锁定,还保证他们的相对位置不动,呈一个绝对的六十度仰角?"

M星人胡乱地在图画上添加着辅助线和一个连一个的圆圈,但又如泄愤般将它们都擦去,直到留下了一个最简洁的图形——

"难道说……月亮并非一颗卫星,而是另一颗更加巨大而遥远的、围绕着太阳旋转的行星?"

此时,地上只留下了三个呈等边三角形分布的圆。

"这样的体系能够保持稳定吗?"

"你自然地发现了一个在创造我的文明中,科学家经复杂计算才求得的结果——一个叫作'拉格朗日点'的发现。它定义了三个天体保持稳定运行的特殊解答。如果你们的月亮是一颗质量相对庞大的气态行星,并且和质量较小的 M4 号行星处于相同的轨道,后者处于'月亮'与太阳的'拉格朗日点'L5 的位置,两者以相似的公转速率环绕太阳运动,那在一定时间内,三颗天体确实能达成相对静止的状态。你们将居住在星球自转赤道和公转黄道交点的晨昏线上,沐浴着地平线下太阳折射的光芒,并看着仰角六十度天空上的月亮。"

M 星人呆滞地看着眼前的图像,发现它带来的冲击和背叛教义的痛苦融合在一起,兴奋逐渐占了上风。

"这就是这个世界的真理吗?"

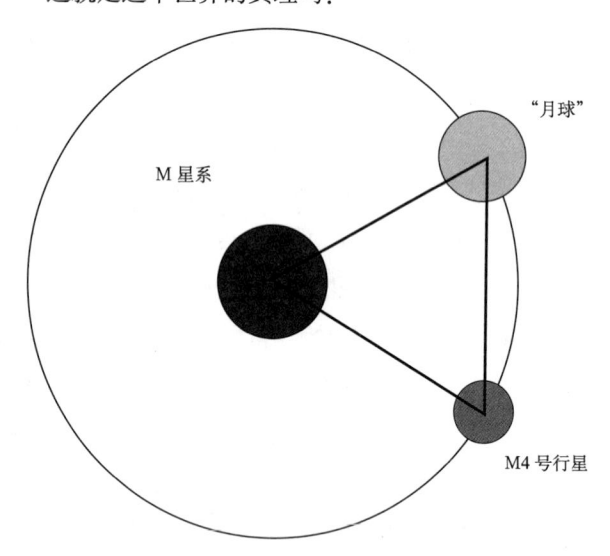

"以我的数据无法判断,但这确实是你们存在于宇宙中最和谐简约的模样。"

在遥远的地球,如同呼应着这段对话,米勒画下了他构思的 M 星系示意图:"如果这个世界确实遵循物理规律,那这就是我推演出来的世界运行规律,地月同轨日心说。"

马萨看着米勒如同 M4 号行星的哥白尼般展示着示意图，而他的推论仍在继续——

这使我的认知产生了根本性的改变。M4 号行星是拥有一颗卫星的岩质行星，但既然我们本来认为的月亮是另一颗行星，则 M4 号行星必然还有一颗被遗忘的第二月亮。

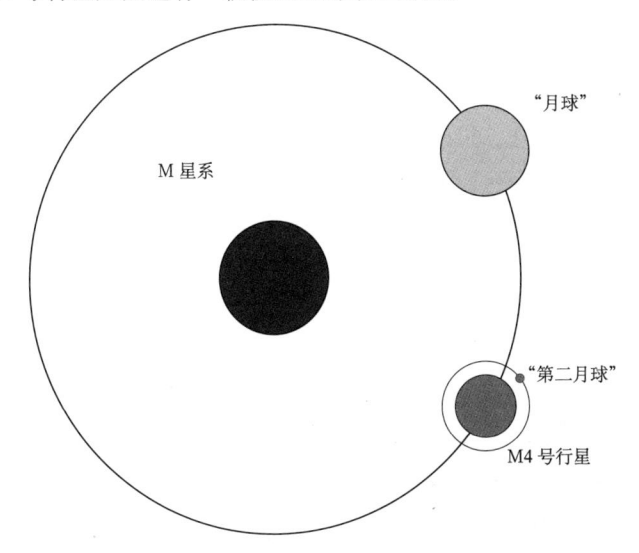

"月球"

M 星系

"第二月球"

M4 号行星

正是这颗月亮按照一定周期环绕着行星，并通过潮汐变化带来了 M 星人的周期变化。根据潮汐变化的理论，每两个周期，这个第二月亮就会在且仅在沉睡期出现在 M 星人的上空——因此长期以来没有被 M 星人观测到。

然而，两个月亮却和菲亚拉的教义相悖：菲亚拉是孕育了 M 星人的神，月亮则是祂的眼睛。菲亚拉怎么能有两只眼睛？这就是整个菲亚拉宗教想要否定的现象。如果梅琳娜的出生只是一个意外，她不过是两个生命的融合，依然是虔诚的信徒；那作为异教徒、拥有两只眼睛的曼尼出现在星球上，就破坏了信徒中眼睛数量的比例，成为最大的隐患，因此"母亲大人"才会言辞激烈地想要将其清除。不让 M 星人外出也是同理，一方面是因为害怕海水，另一方面也是为了不让信徒看见两个月亮。

这就是能够解释一切的答案。并且，通过引入第二月亮的存在，凶手的行经路线终于可以推测了。

先回到四位嫌疑人上，正如马萨所说，即使四位没有杀死马修的理由，但其中两位却有着出门的可能性。随机发生的"成熟"使梅琳娜和墨丘利都有可能临时发生性格转变，并做出在沉睡期出门的动作。想象一下当那个孩子清醒过来，发现自己在室外，恐惧让它回想起关于怪物的传言——它必须立刻回房间。

此处却出现了问题。它在室外认路需要借助月亮的指引，然而此刻的天空却和往常不同，出现了第二个月亮。梅琳娜在第二个周期说过，自从曼尼到达 M 星后，月亮一直都被云挡住——有理由相信，那个沉睡期在外面的凶手无法看到第一月亮，却目击了第二月亮，并出现了影响决策的重大"误解"：这将会是我推理路径的前提条件。

凶手四次经过殖民舱，终点是在马修住处。我们无法了解这位凶手在室外清醒过来时在哪个位置，但第一次经过的殖民舱只有四种可能性；其次，无论是梅琳娜还是墨丘利，他们最开始的目的地都是自己的住处，这有两种可能性；最后，第二个月亮的方向，也分为三种可能性。

——月亮的方向是什么意思？

在 M 星系中虽然天体数量确定了，但第二月亮的运行轨迹还是未知的，因为其运行轨道和行星公转轨道的夹角无法判断，这将直接决定第二月亮在星球上升落的位置方向。为了便于讨论，我们可以把六座建筑当作指示月亮位置的星盘，并把三百六十度周天分为六个方位。而第二月亮的方位在凶手目睹的

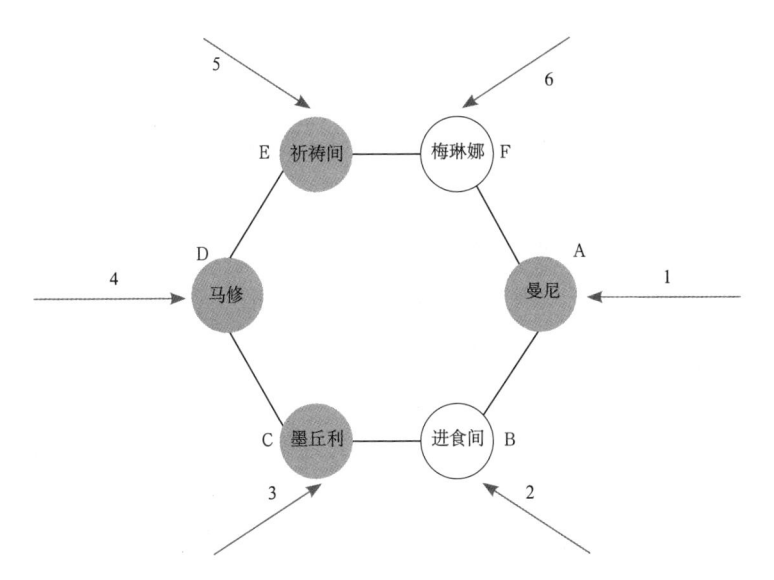

当时必然存在于其中某一区域，甚至可能正好呈六十度仰角，使凶手产生了某种"误解"。首先，根据曼尼和科考队员记录的描述，第一月亮是在一方位，若第二月亮也在此位置，则同样会被云遮住；即使未遮住，也无法产生之后将讨论的"误解"，因此暂时排除；三和六方位也几乎不可能，因为这两个位置正好对应了墨丘利和梅琳娜的房间，如果月亮每个沉睡期都从这个方向起落，他们在沉睡期就可能从房内圆窗处目击月亮；因此，第二月亮可能出现的位置大致是二、四、五方位。在科考队员的记录中，"母亲大人"特意选择了五方位的房间作为祈祷间，对应的二方位的房间作为无人的进食间，因此我倾向于认为月亮的位置是二或五方位。当然，也不排除第二月亮出现在四方位的可能性。

总之，在掌握了凶手的行动逻辑和起点后，我们可以把路线的可能性从二百五十六种压缩为二十四种。接下来便是排列组合的时间了。需要注意的规律有两点：一是对于非自己的房间，除了进食间外都无法开门；二是在所有殖民舱中，唯独马修的房间周围种植了仙人掌，因此在经过马修房间时不会认错，其他的同类建筑则无法分辨外观。

用其中的一种可能来举例，假设梅琳娜在室外，月亮的方位是五，梅琳娜清醒后在曼尼房间 A 外。由于梅琳娜参考月亮分别方位，她会误认为自己所在的是 C 位。而此位置正好与自己的房间相对，她将采取顺时针或者逆时针的行动路线。如果沿着祷绳顺时针前进，她预计的下一个位置 D 却和实际的位置 B 矛盾；如果逆时针前进，则会在应当是自己房间的位置 F 看到位置 D。无论如何，她都会意识到月亮方位的变化。而意识到异常的她会选择寻求马修——而非可能责怪她出门的"母亲大人"——的帮助，最终进入马修的房间。此时经过的殖民舱是三个，与凶手的路线不符。当然，即使她的想法是先回到自己房间，再出门寻找马修，那，最终也会经过不止四次殖民舱。因此就排除了一种可能性。

当穷尽这二十四种可能性后，便会得出唯一一组满足所有要求的解答：月亮的方向位于五方位，起始位置位于祈祷间 E，而完成一切的凶手则是——墨丘利。

"这就是从月球推理的解答。"

11 Movement

当墨丘利从上涨的海水中清醒过来的时候,他发现自己正对着月亮的方向,位于一座殖民舱前。他立刻意识到自己在沉睡期到了室外,而此时的他只想在怪物发现自己之前回到房间。

水位正不断上升,他为了能够快速移动,够到了系在相邻建筑间的祷绳,并决定沿着祷绳移动。由于面前就是月亮,那他自然认为自己在曼尼住所了,自己只要顺时针经过两座建筑便可以到达房间。然而移动后他却发现无法打开自己的房间门。刚才自己经过的顺序是殖民舱—传统建筑—殖民舱,既然这不是自己的房间,那只可能是曼尼的住处。也就是说,月亮的位置发生了移动。

墨丘利突然害怕了,母神菲亚拉竟然移动了位置,这是为什么,难道是在责罚跑出来的自己吗?而且月亮正是移动到了自己所在建筑的方向,这是不是预示着自己会受到天罚,会被"母亲大人"讨厌呢?墨丘利能求助的对象只剩马修了。接着,他便沿着祷绳移动到了马修的住处——从祈祷间,到马修房间,一共四次经过殖民舱。

然后,墨丘利向马修提出了关于月亮的问题。

在不知多久以前,也曾有一位短命的 M 星人和他讨论过这个问题,一样的问题唤起了他一样的记忆,而作为机器人的马修遵循着不欺瞒询问者的初始设定,自然地归纳出了"规律":由母神创造的世界在围绕着一颗星球旋转,甚至"母神之眼"也不过是另一颗绕着转的星球而已,更别说还有第二月亮——马修留下了记号,那本来是对墨丘利的图示讲解,却同样成为对菲亚拉信仰最大的污蔑。

这彻底破坏了墨丘利的信仰。如果有两个月亮,那是不是证明菲亚拉有两只眼睛?那只有一只眼睛的自己是被菲亚拉抛弃的孩子吗?与此同时,墨丘利还是刚刚并入过联络场的成熟个体,内心信徒的部分比以往任何时候都要强大。心中的声音告诉他,对母神的侮辱必须被偿还。在多种情绪的叠加之下,他失去了理智,他必须从根本上摧毁这种异教的理论。

然而理论是无法摧毁的,能摧毁的只有马修。

于是他代表他心中的神做出了审判。

这就是米勒所得出的解答:一切的悲剧都是关于月球的运动。

12 M

"汇总目前所有的信息来看,你的解答确实很有说服力。"马萨花了好长时间厘清了米勒的思路,颓坐在椅子上。

"但是……就这样?潮汐锁定、拉格朗日点、相对静止的星系,还有多出来的一个月球。这、这可能存在吗?引力、希尔球、轨道夹角……这一切可以刚刚好创造出一个平衡的星系?"

"谁知道呢?"米勒再次拉下了眼罩,"所有的推理不过是对现有条件的揣测和利用,是框定了大量假设的前提条件,玩弄了所有角色的内心而提出的假说而已。对于'母亲大人',我默认了她对第二月亮的存在知情但选择了隐瞒,默认了她对具有双眼的梅琳娜采取了默许态度;对于梅琳娜,我则默认了她对自身嵌合体的身体状态未感到异常;对于墨丘利,我更将对于行动路线的理性判断和失去理智的谋杀行径一并强加在他身上……对于智慧生命内心的想法,绝对有超过二百五十六种可能性存在,只是他们没有机会反驳我的任何观点。"

米勒停顿了片刻,说:"事实上,我现在就能提出一个反驳自己的假说,针对的是'M星人第三个孩子'的问题。关键在于三点:M星人没有时间观念;个体的成熟也与时间并无关联;甚至故事中并没有任何一处提到梅琳娜和墨丘利是登场的'母亲大人'的孩子。"

马萨瞪大了眼睛问道:"你是说,'母亲大人'并不是另外两位的母亲,而是……第三个孩子?"

"是的,她可能是三人中率先成熟的个体,并自然而然地成为群落的首领,只是尚未进行生育或新群落建设罢了。曼尼正是在这个凑巧的时机降落在M4号行星,因此带来了误解。"

"这么说,她们真正的'母亲大人'……"

"也许在分娩之后就死了吧,因为非常短命,他们才没有印象。对于他们而言,在破壳出生后确实一直和'母亲大人'以及马修共同生活。只不过'母亲大人'是在之后才成为真正的'母亲大人'的。

"故事里关于'母亲大人'身份的猜测全都是曼尼的假说,并不足采信;我们也不清楚M星人的伦理观念,没有任何直接证据能够反驳这个假说。"

"如果这个假说是真的,那M星人的眼睛数量又成了一个谜……"

"没错,所以到头来这些假说不过是一个又一个似是而非的结果。如果要追求百分百的确信,除非实际观察M星系,或是去解剖M星人,然而你说过M星系的坐标已经丢失了,恐怕机会十分渺茫吧。到头来一切只是云雾中的谜而已。"

马萨挠了挠头:"好像……"

"好像?"

"我是说,这和你对凶手行经路线的推理好像。"

马萨突然站起说道:"刚才米勒你的推理说到底依然是属于地球人的推理。但我想在此基础上做一个对于'M星人'的推理,不,应该说是另一个假说。"

即使无法知道凶手行动的起点,但可以确定其终点都是马修的住处；同样地，如果米勒的理论有正确的部分，那么无论是谁、出于何种动机在沉睡期前往室外杀死了马修，它都将获得对地月同轨日心说，以及天体运行原理的最粗浅认识——这或许是一粒种子。

那位 M 星人将会经历与我们的推理相反的过程：天体运行的规律，带来对自然现象的反思；而对于潮汐规律记录的需求，将使他们重新发现"时间"。

按照我们的推理，它获得了成熟、获得了后代，它将并入 M 星人的联络场、最终融入 M 星人的集体意识。虽然只是很小的发现、很小的疑问，甚至是完全错误的也好，但或许它会给故步自封的信仰加入怀疑的声音。如果借助这位新成熟的"母亲大人"，M 星人的文明得以再次扩大，那时文明的形态是否会和现在的不同？

对于已经可以在宇宙间扩张的我们来说微不足道，但对于停滞不前的 M 星人来说却是至关重要的一步：马修在损坏之前赋予了 M 星人疑问和困惑的种子，困惑带来好奇，好奇推动探索和创造，终有一天他们会走进宇宙中。只要文明能存续，我们就有在宇宙中相遇的机会。然后，假说就能得到验证。

这就像一座迷宫。过去的他们只是在迷宫外徘徊，但现在有人领着他们来到了入口，那么他们终会到达出口。剩下的交给时间就行。

——这样的验证可能需要花费几千年、几万年吧？

——但对于解谜来说，你不觉得这才好吗！

这将是一场关于时间的运动。

或者，是一场关于谜的运动。

The movement of maze！

马萨站在了桌子上,如同指挥星辰般挥动着双臂。

——纪念《天体运行论》出版480周年暨尼古拉·哥白尼（Mikołaj Kopernik）诞辰550周年。

图书在版编目（CIP）数据

今天班里无事发生：第二届新星国际推理文学奖获奖短篇集 / 木又迟，杜力勇，会厌著 . -- 北京：新星出版社，2025.7. -- ISBN 978-7-5133-6035-7

Ⅰ . I247.7

中国国家版本馆 CIP 数据核字第 2025RW4966 号

午夜文库
谢刚 主持

今天班里无事发生：第二届新星国际推理文学奖获奖短篇集

木又迟　杜力勇　会厌　著

责任编辑　刘　琦
责任校对　刘　义
责任印制　李珊珊
装帧设计　hanagin

出 版 人　马汝军
出版发行　新星出版社
　　　　　　（北京市西城区车公庄大街丙 3 号楼 8001　100044）
网　　址　www.newstarpress.com
法律顾问　北京市岳成律师事务所
印　　刷　河北尚唐印刷包装有限公司
开　　本　910mm×1230mm　1/32
印　　张　6.25
字　　数　119 千字
版　　次　2025 年 7 月第 1 版　　2025 年 7 月第 1 次印刷
书　　号　ISBN 978-7-5133-6035-7
定　　价　52.00 元

版权专有，侵权必究。如有印装错误，请与出版社联系。
总机：010-88310888　　传真：010-65270449　　销售中心：010-88310811